문학/사상

3

오키나와, 주변성, 글쓰기

2021 구모룡 외

산지니

차례

≡『문학/사상』3호를 내며

문학과 사상의 대화 혹은 문학 안의 사상과 사상을 사유하는 문학을 지향하며 이제 3호를 내게 되었다. 사상이든 문학이든 우리는 구체적인 데에 진실이 있다고 믿는다. '주변부성'을 중요한 테제로 앞세우고 다중 스케일 시각으로 로컬을 분석한 텍스트를 주목해 왔다. 이는 로컬을 매개로 국가와 지역과 세계를 바라보는 시차(視差)를 확인하고 그 갈등과 모순의 구체성에 접근하기 위한 방법적 기획이다.

국민국가와 제국의 지배와 폭력은 역사의 매시기마다 다른 형태로 전개되었다. 특히 주변부에 가해진 양상이 더욱 가중하다. 이번 호에 먼저 오키나와와 오키나와 문학을 대상으로 삼은 까닭이 여기에 있다. 윤인로 주간이 도미야마 이치로, 사키하마 사나, 곽형덕, 심정명, 네 분을 모셨다.

모두 일본과 한국에서 연구와 담론을 주도하고 있는 분들이다. 도미야마 이치로는 최근 한국에서 번역된『시작의 앎』의 연장선에서 오키나와를 논하는 일이 자기 자신이 변하는 것으로 시작하지 않고서는 안 되는 '시작의 앎'임을 말한다. 에드워드 사이드에 기댄 그의 말처럼 오키나와를 말하는 일은 끊임없이 새로운 앎의 지대로 나아가는 인식 변화와 균열의 과정이다. '오키나와 이니셔티브'와 '폭력의 예감'을 오키나와인의 입장에서 인식하는 모습을 대면하게 한다. 메도루마 슌의 「희망」에 관한 논의를 통하여 대상화하거나 집합으로 포장하지 않고서 서로 어떤 관계성을 질문하고 시작의 앎을 말로 포획하는 방안을 절실하게 제시한다. 사키하마 사나는 '오키나와 이니셔티브'의 원류로 이해되는 이하 후유의 '일류동조론'을 재독하여 랑시에르가 말한 정치를 개시하기 위한 기획으로 불러낸다. 이하 후유의 정치신학에 '천손' 이전의 원-세계로 거슬러 올라가 일본과 오키나와의 관계를 해체 재구축하는 근원적 장소가 있음을 읽는다. 물론 그는 이러한 전복적 독해가 지닌 한계를 말하면서도 '말소불가능한 정치'로 소환하는 일의 중요성을 놓치지 않는다. 도미야마와 사키하마의 논의는 지금 우리가 접할 수 있는 일본의 오키나와 관련 글쓰기의 최고점이 아닐까 한다. 이어서 곽형덕은 한국에서 진행되고 있는 오키나와와 오키나와 문학 연구가 지니는 '유사성의 함정'을 논파하고 일본 복귀 이후의 텍스트에 편향된 번역/연구를 바로잡는 방안을 제시한다. 그의 주장처럼 차이와 어긋남의 앎이 연대의 가능성을 모색하는 데 반드시 거쳐야 할 길임이 분명하다. 이는 재일조선인문학을 대하는 일에서도 필요한 다중시점과도 연결된다. 시모타 세이지의『오키나와섬』을 읽으면서 그는 로컬의 지위 변화와 연동한 다중 스케일의 접근이 요긴함을 강조한다. 도미야마 이치로가 메도루마 슌의「희망」논쟁을 말한 바 있듯이 심정명은 메도루마를 '대항으로서의 문학'으로 읽는다. 폭력에 저항하는 대항폭력은 폭력 일반을 부정하는 안이한 이해를 충격한다. 그는 메도루마의「신 뱀장어」를 자세히 읽으면서 오키나와에 반복되는 폭력과 저항하는 힘의 존재를 현재로 불러낸다. 아직도 바다에서 싸우고 있는 메도루마의 고독한 저항은 그야말로 우리에게 시작하는 앎의 의미를 요청하는 수행으로 받아들여진다.

　서로 비슷하면서 약간씩 어긋난 논의를 이어간 특집을 통하여 오키나와 담론의 생성하는 벡터를 즐겁게 만나기를 기대한다. 또한 이와 같은 글이 주변부성의 본질에 육박하는 글쓰기를 추동하기를 바란다. 낱낱의 사실에 매몰되지 않고 구체성의 변증법을 이끄는 데 주변부적 시각은 매우 소중한 방법의 거처이다. 김해자의 권두시에서 서평에 이르기까지 이번 호가 나름대로 어떤 공통 지향을 보인다고 생각한다. 이에 대한 앎의 형성은 이제 독자의 몫이다. 덧붙여

3호부터 편집진이 보강되었음을 알린다. 김만석, 김서라, 두 비평가가 합류하여 우리의 물결이 더 다채로워지고 강해졌다. 아울러 가을에 내는 4호부터 혁신이 감행됨을 예고한다. 시와 소설을 싣되 우리의 지향에 상응하는 신진을 발견하는 일에 게을리하지 않을 참이다. 많은 질정을 바라고 토론을 기다린다.

2021년 5월
구모룡

Σ 권두시

점유의 공화국

김해자

할 말 많은 새들이 잠을 깨운다 중구난방 회합장이 된 이 집 지붕은 누구 것인가, 하품을 늘어지게 하며 잠깐 물어보는 사이에도 날아오고 날아간다 한 뙈기 텃밭은 무료급식소, 옆집 굴뚝에 세 사는 참새들이 내려와 종종 끼니를 때운다 까치가 가끔씩 입맞춤해도 잔디들은 군말이 없다

황금조팝 겨드랑이에서 노란 혀들이 솟아나고 있다 납작 엎드려 한파를 견디던 잔디도 옆으로 손을 뻗는다 본격적으로 거주지를 넓혀갈 때다, 지도자의 진군 나팔소리 없어도 알아서들 기어간다 잔디는 횡렬종대로 어깨를 걸고 침울한 기분을 떨치려는 듯 부추가 허리에 힘을 준다 수심이 깊어진 마늘과 수태 중인 달래가 동거한다

등기권리증이 통하지 않는 거주지
텃밭 공화국엔 형형색색 깃발들이 진동한다
인민들이 기지개를 켠다 지렁이도 나비도
말없이 대화하는 자유민주주의 공화국
추위와 배고픔을 증명하지 않아도 기초수급은 된다

뿔이 나고 있다 안간힘으로 밀어올리는 푸른 비명, 숨어
지내던 갓도 깃대를 세우고 사철나무에 더부살이하던 더덕
도 혀를 내민다 잔디들이 어깨 걸고 으쌰으쌰 웃음을 터트
린다 뽕나무 그늘 한 귀퉁이에서 꽃마리가 흥분해 잎을 떨
고 제비꽃이 수줍게 환호한다 잔디가 파고들어도 개망초가
밀어붙여도 집집이 일가를 이루었다

옹색한 지하방 붙어 잘 수록 따닥따닥 새끼들만 늘었다
단결심 좋은 잔뿌리들은 안온한 거주처, 온몸이 굴삭기인
지렁이들도 새끼를 쳤다 바위가 엉덩짝 하나 내주어 고향도
출처도 모르는 꽃양귀비도 돌나물도 문패를 달았다 아무도
명령하지 않고 집행하는 이도 본 적 없지만 법은 지켜진다
아무도 찌르지 않는다 화살나무와 화살나무 사이 화살이 빽
빽해도 상사화 잎과 긴병풀꽃은 무사하다

연푸른 혀들이 공중을 소요하는 사이

붉고 노란 꽃무데기들이 두세두세 산비얄을 내려온다

싸리순과 산고추나물 산달래 몇 덩거리가 내게로 이사
왔다

덜퍽진 비닐봉다리와 내민 손 사이에 눈애리게 광막한
허공이 보였다

제 이름으로 땅 한 뙈기 소유하지 않아서 사시사철 산은
보살들 것이다

김해자
1998년《내일을 여는 작가》로 등단. 시집『무화과는 없다』『축제』『집에 가자』
『해자네 점집』『해피랜드』등을 펴냈다.

Ⅱ 비판-비평

전후 일본의 오키나와론, 그 곤란과 '시작의 앎'

도미야마 이치로(富山一郞) 지음
윤인로 옮김

역사는 지나간 과거의 단계가 아니라, 그리고 단순한 추체험의 대상도 아닌, 지금 새로이 다시 경험해야 할 일과 사물로 충만한 **장**이 될 터이다. ― 후지타 쇼조 『전체주의의 시대경험』, 강조는 인용자.[1]

---

[1] 藤田省三, 『全体主義の時代経験』, みすず書房, 1995年, 85頁. 경험을 향한 후지타의 주목은 도사카 준의 논의와도 겹친다. 1930년대 도사카는 경험을 정치의 존재론적 전제나 올바름의 근거로 삼는 게 아니라 정치 그 자체로서 확보하고자 했다. 그에게 과학적인 것이란, 요즘 역사학이나 사회학을 하는 사람들이 곧잘 행하듯이 사람들의 경험을 자신들의 해설을 위한 데이터로 수집하는 것이 아니라, 정치 그 자체의 확보에 걸리는 것이었다. "경험은 개인이 경험했던 것 이외에, 개인이 머지않아 경험하게 될, 나아가 사회의 인간이 아마도 경험했을, 경험하고 있을 터인, 아니 조건만 주어진다면 모두가 반드시 경험할 터인 내용이지 않으면 안 된다. 그래서 경험은 그 자신에게 초경험적인, 혹은 선험적인, 즉

I 오키나와를 이야기한다는 것

1997년 무렵이었던가, 미군기지 철거를 요구하면서 미군 병사의 성폭력을 규탄하는 도쿄의 대규모 집회에 발언자로 나섰을 때, 역시 발언자로서 오키나와沖縄로부터 참가했던 다카자토 스즈요 씨가 스피치 바로 직전에 입 밖에 냈던 말을 잊을 수 없다. '이렇게 몇 번이나 똑같은 걸 이야기하러 도쿄에 오면 뭔가 통할 일이겠습니까.' 오키나와로부터 왔던 또 한 사람 신조 카즈히로 씨는 집회를 보고선, '이건 마치 오리온 맥주 축제와도 같다'고 중얼거렸다.

집회를 야유하고 있는 게 아니다. 그러나 거기서 오키나와를 목청껏 얘기했던 사람들이 진정으로 알려고 하지는 않았다는 것, 그럼에도 알고 있는 척하는 것이 다카자토 씨나 신조 씨에겐 들통이 났던 것이라고 하겠다. 이 두 사람 사이에 끼어, 나는 무얼 이야기해도 얄팍한 말이 되리라는 느낌에 일순간 말이 정지되고 말았지만, 그럼에도 오키나와에 대해 어떻게든 그럴듯하게 논했다는 생각을 한다.

이 '안다'는 것에 관계된 균열을 뭐라고 하면 좋을까. 위와 같은 무지는 무지하다는 것조차 이해할 수 없는 까닭에 더 심각한 것이며, 이 심각함으로부터 시작하는 것이 언제부

더 이상 경험론적이지 않은, 혹은 사물을 포함하고 있는 것이 된다."(戸坂潤, 『科学論[과학론]』 1935年, 『戸坂潤全集 第一卷』, 勁草書房, 1967年, 178頁)

턴가 오키나와에 관해 무언가를 이야기할 때의 나의 출발점이 되고 있었다. 거기에 이르는 길이 『시작의 앎』[부제는 '프란츠 파농의 임상', 심정명 옮김, 문학과지성사, 2020(원저 2018년)]으로 이어져 있다.

그 무지는 책을 읽으면 되는 것이거나 똑똑히 조사를 행하면 좋아지는 게 아니다. 뒤이어 말하게 될 것처럼, 그 무지가 여기 일본이라는 나라의 역사인식에 깊이 관계된 것이라고 한다면, 그것을 내부성찰적內省的으로 질문하는 작업이 없다면, 획득된 지식에 의해 생기는 문제는 더더욱 뒤틀리게 될 터이다. 오키나와를 논하는 일은 우선 자신 자신이, 그리고 자기 자신들이 변하는 것으로서 시작하지 않고서는 안 되는 것이다. 아무리 빈틈이 없는 정치한 오키나와론일지라도, 가면 갈수록 논고가 놓이게 될 장소가 없어지는 것이다. 이런 사정이 일본 안에서 오키나와를 논하는 일이다. 거기서부터 시작하고 싶은 것이다.

II 역사인식이라는 질문

2015년 여름, 자위대의 해외파병이나 타국 군대와의 제휴를 인정하는 법 개정을 둘러싸고 반대운동이 확산되었다. 그 법 개정은 전쟁법안이라고 불렸고 많은 사람들이 매일 국회 앞에 모였다. 같은 해 여름, 오키나와 현 나고 시 헤노코辺野古

의 새 미군기지 건설을 둘러싸고 건설 중지를 요구하는 당시의 오나가 타케시 오키나와 현 지사 그룹과 건설을 강행하려는 아베 수상 그룹 사이에서 1개월에 걸친 집중 협의가 행해졌다. 그러나 협의는 서로 물고 뜯는 다툼 한 번 없이 9월 7일에 결렬되었다. 그다음 날, 당시의 스가 관방장관은 각료회의 이후의 기자회견에서 전후 오키나와에서의 강제적 토지 수용에 의한 기지 건설의 역사가 문제의 배경에 있다는 오키나와 현 측의 주장에 대해 다음과 같이 반론했다. "찬동할 수 없다. 일본 전국이 비참 속에서 모두의 말 못할 노고로 오늘의 풍요롭고도 평화로우며 자유로운 나라를 쌓아 올렸다." 그의 말은 일본 전국이 전쟁을 극복하고 평화로운 나라를 만들어왔기 때문에 오키나와만을 특별 취급할 수는 없다는 것이었다. 이 발언에 있는 역사인식에 맞서 카나 마사나오, 모리 노부오, 토베 히데아키, 그리고 나, 4명의 이름으로 호소하는 글(「전후 오키나와·역사인식 호소」)을 발표했다.[2] 오키나와의 전후를 너무도 모르는 정부 측 발언에 분했기 때문이었다. 그 호소에는 찬동의 목소리가 많이 모였

---

2 이 호소문은 森宣雄·冨山一郎·戸邉秀明編, 『あま世へ』(法政大学出版局, 2017)에 수록되어 있다. [이 저작의 부제는 '오키나와 전후사(戦後史)의 자립을 향해'이다. 저작명은 '달콤한 세상으로'라는 뜻으로, '쓰디쓴 세상(にが世)'으로부터 해방된 삶을 말한다. 둘 모두 이하 후유의 낱말이다.]

었다.

그 호소의 글에서도 지적했듯이, 일본이라는 나라가 전후에 걸어왔던 바로 그 길이야말로 오키나와라는 '기지의 섬'의 전후를 산출해왔다. 하지만 그 역사를 망각하고 있는 것은 스가 관방장관만이 아니었다. 처음에 말했던 전쟁법안에 대한 반대운동 속에서는 '평화헌법 아래 전후 일본인은 단 한 사람도 전사하지 않았다'는 목소리가 커졌는데, 그것은 스가의 위와 같은 발언과 그리 먼 거리에 있을 턱이 없는 것이었다. 망각은 이 나라에서 사는 많은 사람들에게도 넓고도 깊게 공유되어, 더 이상 질문의 대상이 되지 않는 전제가 되어 있는 것이다. 이 전제란 호소의 글을 발표함으로써 문제화할 수 있는 것도 아니려니와, 오키나와 전후사를 배우면 해결되는 것도 아니다. 왜, 그리고 무엇을 몰랐던 것일까. 이 물음은 교과사적인 지식의 부족을 뜻한다기보다는, 안다고 하는 삶의 영위 자체에 관계된 문제이다. 그러나 그것은 일반적인 앎의 문제가 아니다. 무엇보다 그것은 일본의 전후라는 것에 깊게 관련되어 있기 때문이다. 안다는 행위의 전제에 떠안겨 있는 전후 일본의 역사인식을 문제 삼지 않으면 안 되는 것이다.

그런데 자신의 경험을 상기하면서 니시카와 유코는 제국 일본이 붕괴된 패전 시기의 불에 탄 흔적에 대해 다음과 같이 서술하고 있다.

패전 이후의 불에 탄 흔적을 두고 엇갈리며 오갔던 언설에는 제각각의 말에 지시물이 있다는 신선한 발견을 찾을 수 있었다. 전시 중에 유통되고 있던 지독히도 관념적인 사자성어의 범람에 비해 머릿속이 밝아지는 것 같은 말의 해방이 있었던 것이다.[3]

'국체호지国体護持'나 '팔굉일우八紘一宇' 같은 사자성어에 의해 구성되어 있던 제국 일본의 현실이 붕괴하고, 새로운 현실이 새로운 말과 더불어 시작하려는 중이었다. 니시카와가 '말의 해방'이라고 했던 것은 그런 시작을 뜻한다. 무엇을 봐야만 하는가, 무엇을 현실로서 획득하지 않으면 안 되는가. 안다는 것에 관계된 그런 물음을 끌어안는 것이야말로 말의 사명이 되었던 것이다.

하지만 '말의 해방'이 길게 지속되지는 않는다. 니시카와는 다음과 같이 이어 서술하고 있다. "그런 시기란 길게 이어지지는 않았으며, 이내 평화라는 원격 심볼이 엇갈리며 오고 갔다. 나아가 말이 지시물로부터 점점 멀어지고 기호만으로 세계가 구축되며 기호에 의해 사고가 동원되었다."[4] '국체호

---

3   西川祐子,「戦後という地政学[전후라는 지정학]」, 西川祐子編, 『戦後という地政学』, 東京大学出版会, 2006年, xiii頁.

4   同, xiii頁.

지'로부터 '평화'로. 그것은 문자 그대로 전후의 시작이었으며 '불에 탄 흔적'이 부흥을 향해 가는 프로세스이기도 했을 것이다.

니시카와가 말하는 이 '불에 탄 흔적'이라는 결정적인 폐허 속의 '해방'이란, 1981년에 후지타 쇼조가 "전후 논의의 전제"로서 서술했던, "부정적 측면을 철저하게 받아들임으로써 그 극점에서 피안의 긍정적 측면을 내 것으로 삼는 일"이기도 했다.[5] 그 '극점'에서는 제국으로 귀결하는 전전戰前이 아닌 "또 하나의 전전"이 발견되지 않으면 안 되며, 그럴 때야말로 미래가 말을 획득할 수 있는 것이었다. 하지만 후지타는 전후 부흥과 "평화와 민주주의" 속에서 그 '또 하나의 전전'은 삭제되어 갔으며 폐허는 과거의 비참한 사건이 되었고 옛이야기나 고생담이 되었다고 말한다. "비참은 그저 단순한 비참"[6]이 됐던 것이다. 이를 두고 후지타는 "경험의 물화物化"라고 불렀고, 그렇게 '물화'된 경험은 단지 "이용의 소재"가 되었다고 비판한다.[7] 이것이 일본의 전후다.

오키나와라는 것에 있어 반드시 제시되어야 하는 경험이란, 그런 전후로부터 분리된 상태 속에서 그 시작 바로 직

---

5   藤田省三,「戰後の議論の前提」『思想の科学』1981年4月号,『著作集 5 精神史的考察』, みすず書房, 1997年에 수록됨.

6   同, 193頁.

7   同, 189 - 190頁.

전에 매장됐던 것이다. 매장된 것은 그것만이 아니다. 일부러 난폭하게 말하자면 제국 일본의 역사를 질문하는 개별 경험들의 총체가 매장됐던 것이다. 그 매장을 전제로 하여 일본의 전후가 시작됐다. 질문해야만 하는 것은 그 전후이며 그 역사인식인 것이다. 반복하지만 그 역사인식은 스가나 아베의 그것이라기보다는 '비참을 그저 단순한 비참'으로 여기는 상태에서 이야기되는 평화나 민주주의에 다름 아니다. 바꿔 말하면, 오키나와란 전후 일본의 평화나 민주주의를 위한 '이용의 소재'가 됐던 것이다. 그런 이용은 매장의 연장선 위에 있다. 오키나와를 논하는 일의 곤란함 역시도 거기에 있다. 그런 소재적 이용을 벗겨버리지 않으면 안 되는 것이다. 그것이 안다는 행위일 터이다.

III '오키나와 이니셔티브'

2000년 오키나와에 살고 있는 다카라 쿠라요시, 마에시로 모리사다, 오시로 츠네오, 3인의 연구자가 '오키나와 이니셔티브'라는 것을 주장했다. 그 내용이 미일군사동맹을 용인하고 미군 기지를 받아들이는 것을 전제로 하고 있기에 많은 사람들의 비판을 받았다. 그 '오키나와 이니셔티브'를 돋우어 낸 한 사람, 곧 류큐사琉球史를 개창했던 연구자 다카라 쿠라요시가 있다. 류큐에서 독자적인 역사를 발견한 다카라의 선구적 연구에 커다란 자극을 받고 있던 나는 한 순간 어찌할 바를 몰랐으나, 그 일이 정중하게 사고하지 않으면 안 되는 사태임을 직감할 수 있었다. 오키나와의 자립성을 역사적으로 추구해왔던 다카라 씨가 오키나와야말로 적극적으로 군사적 안전보장을 짊어지자고 말하고 있기 때문이다. 감히 말하자면, 그러한 문제는 오키나와학의 아버지로 불리는 이하 후유에게서도 간취될 수 있는 것이었다. 그렇기에 시간을 들여 정중히 사고하지 않으면 안 된다고 이내 판단했던 것이다.

《오키나와 타임즈》나 《류큐 신보》 등 오키나와의 신문들에는 많은 논의가 등장했다. 그 대부분이 '오키나와 이니셔티브'에 대한 강한 분노와 비판이었다. 그리고 그 어떤 논의도 다카라 쿠라요시가 이제까지 무엇을 해왔는지에 대해서 각자가 근거에 입각하고 있었다.[8] 그러나 도쿄나 오사카, 혹은 교토에 사는 내 주변의 많은 친구들은 군사동맹과 기지를 용인하고 있다는 것만으로 '오키나와 이니셔티브'를 도저히 받아들이기 어려운 것으로 일제히 비판했고, 그것은

---

8   古波蔵契, 「占領を語るということ―「沖縄イニシアティブ」と占領状況における「知的戦略」[점령을 이야기한다는 것: '오키나와 이니셔티브'와 점령상황에서의 '지적 전략'], 冨山一郎・鄭柚鎮 編著 『軍事的暴力を問う―旅する痛み [군사적 폭력을 질문한다: 여행하는 고통]』(青弓社, 2018年)를 참조할 것. 코하구라 케이의 이 논고는 '오키나와 이니셔티브'를 점령이라는 상황성과 함께 검토했던 유일한 것이다.

영어권 오키나와 연구자들에게도 퍼져갔다. 감히 말하자면, '다카라 쿠라요시라는 사람은 그리 잘 알지 못하지만'이라는 서두를 깔고서는, 그 위에서 '오키나와 이니셔티브'가 오키나와의 반전평화운동을 밟아 뭉개고 있다는 식의 논의가 만연됐던 것이다. 나는 군사동맹은 분쇄하지 않으면 안 되는 것이며 오키나와의 기지 역시도 철거해야 한다고 본다. 하지만 관련 논의의 경박함과 안이함이란 대체 무엇인가라고 생각했다. 어째서 오키나와를 논할 때에 그토록 난폭할수 있는 것일까. 다카라 쿠라요시가 걸어온 이제까지의 경위를 알기에 놀랐다는, 곧 그 일과 오키나와에서 새겨진 그 자신의 삶이 맺는 관계를 비판적으로 논의했던 사람들과, 그것을 전혀 알지 못한 채 정치적 올바름에 의거해 비판했던 사람들이 서로 겹쳐졌던 것이다.[9] 앞의 사람들은 그 겹침에, 즉 선창되고 복창되면서 퍼져가는 균열을 눈치 채고 있었을 터이다.

현기증을 불러일으킬 것 같은 그런 겹침을 앞에 두고 썼던 것이 다음 한 문장이다. 그것은 어떤 출판사가 간행하고

---

9 이 겹침에 관해 위의 코하구라 케이는, 오키나와의 현상을 두고 점령이라고 비판하는 자들이 다름 아닌 자신의 이야기 행위에 이미 점령이 전제되어 있다는 점을 눈치 채지 못하고 있음을 문제시한다. 그는 다음과같이 쓴다. "그들에게 이야기되는 대상으로 정립된 점령상황은 동시에이야기한다는 행위에 **선행하는** 전제로서, 그렇게 이중으로 설정되지 않으면 안 됐던 게 아닐까."(同, 100頁. 강조는 인용자)

Ⅱ 비판-비평

있는 매년의 「독서 앙케이트」를 통해, '오키나와 이니셔티브'
에 관련된 세 권의 책을 다룬 것이었다.[10]

　　이 섬에 관여하는 것을 두고 세계 속의 많은 사람들이
논의했던 한 해였다. 그 가운데 몇 가지 주장이나 사상을 이
섬의 입장에 따른 말로 규정하여 포위하고 난 다음, 자신들
에게 안성맞춤인 것만을 뽑아내어 거론하고 그렇지 않은 것
은 잘라 말살시키는 사람들과도 맞닥뜨렸다. 그들은 이야기
를 앞질러 이 섬으로만 한정하여 둘러싼 다음, 섬 속에서 적
과 동지를 연출하면서 손을 맞잡아야 할 안전지대를 미리 만
들고 그쪽으로 조금씩 다가가는 방법을 취한다. 그것은 이
섬을 둘러싸고 이제까지 거듭 반복되어 왔던 것이며, 올 해
다시금 반복되었다. (…) 그런 주장을 앞에 두고는, 주장하는
자들의 보신保身을 위해 이 섬 내부로 적과 동지의 구분을 도
입하고 있는 것인지, 아니면 현재 도입되고 만 그런 대립 속
에서 살아남기 위해 입장을 세우려고 하는 것인지, 그 둘 간
의 차이를 문자 그대로의 비판 내용보다도 더욱 민감하게 식
별할 수 있게 되었다. 거기서는 현재 눈에 보이고 있는 적과

10　그 세 권의 책이란, 高良倉吉『「沖縄」批判序説['오키나와' 비판 서설]』(ひる
　　ぎ社, 1997年), 真栄城守定 · 牧野浩隆 · 高良倉吉『沖縄の自己検証[오키
　　나와의 자기 검증]』(ひるぎ社, 1998年), 大城常夫 · 高良倉吉 · 真栄城守定
　　『沖縄イニシアティブ[오키나와 이니셔티브]』(ひるぎ社, 2000年).

거기서는 현재 눈에 보이고 있는 적과

동지와는 다른 균열이 부상할 터이다. 그렇기 때문에 지금 이 섬에 관하여 논하는 자들이, 혹은 이 세 권의 책에 관하여 논하는 자들이 이후 10년간 줄곧 무엇을 말하게 될 것인지, 똑똑히 확인해 두고 싶은 것이다.[11]

스스로의 역사와 함께 '오키나와 이니셔티브'를 논한 자들과, 단지 정치적 올바름으로 발언한 자들. 후자에 대해 위에서는 '보신'이라고 썼는데, 바꿔 말한다면 그것은 전후의 역사인식을 질문하는 게 아니라 그것을 미리 전제하고 있는 것이라고 할 수 있다. 지금 되풀이하여 읽어도 위의 한 대목은 그런 '보신'에 근거한 사람들에겐 대체 무엇이 쓰여 있는지 알 수가 없을 문장일 거라고 생각된다. 이 문장이 게재된 이후 유럽·미국의 사상을 중심으로 매월 간행되고 있는 저명한 사상잡지의 편집자로부터 대체 왜 그런 걸 썼느냐는 전화가 왔었다. 도쿄의 ○○씨가 화가 났다는 것이다. 이 편집자도 ○○씨도 다카라 쿠라요시의 책을 읽지 않았음에 틀림없었으며, 다카라가 살아왔던 역사도 몰랐다. '그러면 안 돼'라고 생각했지만, 그런 사정을 논의할 수 있는 장소가 없다는 점에 생각이 미쳤다. 그때 느꼈던 고립감을 지금도 기억하고 있다.

---

11 「読書アンケート」『みすず』478, 2001年1月.

반복하지만, 나는 미군 기지는 철거되어야 하고 미일군 사동맹은 파기되어야 하며 헌법의 천황제를 규정한 제1장의 조항도 삭제되어야 한다고 생각한다. 그러나 질문되고 있는 것은 오키나와를 논한다는 것 그 자체이다. 이 '오키나와 이니셔티브'의 주장을 논의하기 전에 질문되어야 하는 것은 저 역사인식의 문제인 것이다. 거기서는 전후라는 시간에 안주하는 보수성과 높이 외쳐진 반체제는 한 몸으로 존재하고 있다.[12] 이 일체성은, 스가의 발언을 둘러싼 「전후 오키나와·역사인식 호소」에서는 문제화할 수 없었던 지점이기도 하다.

「전후 오키나와·역사인식 호소」를 냈던 사람들 가운데 하나인 카나 마사나오 씨는 2016년 4월 많은 찬동자들과 함께 행한 집회에서, 오키나와의 역사를 안다는 것을 "나 자신이 어떻게 바꿔질 수 있을 것인가"라는 물음의 형식으로 제기했다. 질문되고 있는 것은 단지 역사를 알고 있는 상

---

12 모리사키 카즈에는 1970년대에 오키나와 투쟁을 지원하고자 하는 이른바 '일본 본토'의 움직임에서 그러한 의식 상황을 발견하고, 그렇게 보수성과 반체제가 겹쳐져 있는 상태를, 어디가 머리이고 어디가 꼬리인지 알 수 없는 "풍향계風見の鶏[닭 모양을 하고 있음. 줏대(정견) 없이 시류를 타는 사람 혹은 상태]"라고 보았다. 주위를 빙빙 돌면서 단지 '꾸며내어 용케 면피'할 뿐이라는 것이다. 과연 훌륭한 표현이라고 생각한다. 森崎和江, 『ははの国との幻想婚[엄마의 나라와의 환상결혼]』, 現代思潮社, 1976年, 99頁.

태가 아니라 전후 일본의 자화상인 것이며, 그 속에서 살아왔던 자기 자신의 태도라고 해야 할 문제라는 것이다.[13] '오키나와 이니셔티브'를 둘러싸고 내가 껴안고 있던 고립감은 카나 씨의 그 질문이 출발되는 지점이기도 했을 것이다.

IV 폭력

2004년 8월 13일, 오키나와의 기노완 시에 있는 오키나와 국제대학에, 인접해 있던 후텐마普天間 기지의 미군 헬기가 추락했다. 그 일 이래로 주변의 주민이나 학생들은 끊임없이 하늘을 경계하고 헬기 소리가 날 때마다 두려움 속에서 손으로 머리를 감싸게 되었다. 그리고 이 추락사고를 계기로, 예전에 일어났던 동일한 사고를 떠올린 사람도 있었다. 그 사고란 1959년 6월 30일에 일어났던 미군 전투기 추락사고이다. 오키나와의 카데나嘉手納 기지를 이륙했던 전투기가 소

13　역사를 안다는 것은 태도를 안다는 것이고, 태도를 안다는 것은 스스로의 태도가 질문의 대상이지 않으면 안 된다는 게 아니겠는가. 森宣雄·冨山一郎·戸邉秀明編『あま世へ』(法政大学出版局, 2017年)에 수록되어 있는 좌담회에서 카나 마사나오는 "그때까지의 역사학은 단지 무엇을 했는가를 대상으로 삼았으며, 따라서 어떻게 살았던가는 역사학의 대상이 되지 못했다"고 말하면서, "오키나와의 사상이라는 것은 어떻게 살았던가, 무슨 일 때문에 고통을 겪지 않으면 안 되었던가와 같이, 인생이 관여된 발언이라고 할 수 있겠죠"라고 말한 것 역시도 이러한 태도의 문제일 것이다.

학교에 추락해 아이들을 비롯해 17명의 사망자와 210명의 중경상자가 나온 일이었다. 일상 속에 항시 군사력이 존재하고 있다는 것은, 항시 그것을 염두에 두지 않으면 살 수 없음을 뜻하며, 항시 하늘을 올려다보지 않으면 생활할 수 없음을 뜻하는 것이기도 하다. 그렇게 항시 위험에 노출되고 있음을 인식할 때, 스스로가 항시 폭력에 노출되고 있음을 감지했을 그때, 머리를 손으로 감싸는 것이다.

오키나와 국제대학의 헬기 추락사고 이후, 후생성은 그러한 신체의 반응을 이른바 PTSD[심적 외상후(心的外傷後) 스트레스 장애]라는, 외부로부터 주어진 정신적 상처에 의한 정신상의 질환으로서 조사하고 치료를 시작했다. 비참한 사고의 치료와 구제. 하지만 그것이 치료해야 할 질환이라고 할 수 있을까. 실은 언제나 위험에 노출되어 있는 일상이야말로 리얼한 현실인 게 아닐까. 사실 그 이후에도 헬기는 계속 추락했다. 현실에 대한 태세身構え[방어 및 공격의 준비상태]가 치료되어야 할 질환이 되고, 그런 태세로부터 발해지는 말은 질환을 표시하는 증상이 되고 마는 것이다. 그것은 전장에서 마음을 다친 자를 두고 '전쟁신경증'으로서 치료한 다음 다시 전장으로 돌려보내는 것이기도 하며, 식민지주의 속에서 상처를 입은 자를 치료한 다음 식민지주의의 일상으로 돌려보내는 것과도 관계된다. 이는 다름 아닌 프란츠 파농이 치료 속에서 식민지주의라는 현실을 발견해가는 프로세스의 문제라고도

할 수 있을 것이다.

PTSD는 방치해 두면 그것으로 족하다고 말하는 게 아니다. 현실에 대해 태세를 취한 사람과, 그것을 치료해야 할 대상으로 생각하는 사람 사이의 단절을 문제로 삼고 싶은 것이다. 그 단절이란 의견 대립이나 지식 결여의 문제가 아니라, 무엇을 말로서 승인할 것인가, 무엇을 청취해야 할 말로 정할 것인가에 관계된 것이며, 다름 아닌 그 말의 문제야말로 전후 일본의 역사인식과 오키나와 사이에 가로놓인 태도의 문제에 이어져 있는 것이다.

> 미국은 전쟁을 하고 있는 게 아니라 국제연합 가맹국으로서 경찰행동을 하고 있을 뿐이므로, 주민의 우려는 부당하다.[14]

1950년에 시작된 조선전쟁朝鮮戰争[6·25] 속에서 오키나와는 전선 기지가 되었다. 오키나와 카데나 기지에서는 F80 전투기, B26, B29 폭격기가 조선 반도를 향해 몇 초 간격으로 발진하고 있었는데, 그 무렵 오키나와 사람들은 다시 전쟁이 시작됐다며 식료품을 비축하기 시작했다. 그들에게는 오키나와 전쟁沖縄戦의 기억이 상기되고 있었는데, 그것은 단

14　沖縄タイムス社編, 『沖縄の証言 上』, 沖縄タイムス社, 1971年, 286頁.

순한 옛날이야기가 아니었다. 전장을 상기하는 가운데, 폭격기가 단지 조선반도로만 출격하고 있는 게 아니라 자신들 역시도 공격의 대상이 될 수 있음을 예감했던 것이다. 그렇기 때문에 당시 오키나와를 통치하고 있던 미국의 조셉 R. 쉬츠 군정장관은 '전쟁을 하고 있는 게 아니라 경찰행동을 하고 있는 것'이라는 변명을 하지 않을 수 없었던 것이다. 오키나와에 사는 사람들을 공격하고 있는 게 아니라는 것이다. 하지만 사람들은 자신들에게도 공격이 덮쳐 오리라는 것을 이미 알고 있었다.

군사력은 무기도 기지도 아니다. 폭력에 노출되고 있다는 감각인 것이다. 그 지점에서는 지금 당장 폭력에 노출되고 있다는 것이, 이미 폭력에 노출되어 있다는 것에 대한 느낌과 지금부터 등장할 폭력에 대한 태세에 겹쳐져 있다. 과거와 미래는 그렇게 위험에 노출되어 있다는 감각 속에서 현재를 구성하고 있는 것이다.

내 여동생 부부는 미군에게 살해당한 것이 아니다. 동포이고 우군이라고 믿고 있던 일본에게 살해당한 것이다. …일본병사를 원망하지 말라는 쪽이 무리한 말을 하고 있는 것이다. …오키나와가 복귀한 다음에는, 자위대라는 군대가 또

오키나와에 온다고 한다. 이제 정말이지 싫다.[15]

1972년 일본으로의 '복귀'가 다가오는 가운데, 오키나와 전쟁에 관계된 청취 작업이 조직적으로 행해졌다. 그 속에 등장했던 것은 단지 전쟁의 비참함이 아니었다. 일본군에 의한 주민 학살의 기억이었다. 그리고 그것은 '자위대라는 군대'의 군사적 폭력과 겹쳐져 있다. 자위대의 총구가 자신들에게로 향해져 있다는 것이다. 폭력에 노출되고 있다는 감각이란, 오키나와를 둘러싸고 종종 사용되는 '구조적 폭력' 따위의 말로 설명될 수 있는 게 아니다. 질문되어야 하는 것은 역시 전후 일본의 역사인식이며, 그 질문의 전제로서 바깥에 자리 잡고 있는 폭력에 대한 감지력의 문제인 것이다.

다시금 서두에서 언급한 전쟁법안 반대운동에 관해 말하고자 한다. 운동 속에서 나온 슬로건으로서, 자위대의 해외파병에 맞서 '죽이지 말라'는 문구가 있었다. 그것은 자국의 군대가 타자를 죽이는 행위에 대한 이의제기이며, 자위대원에게 살인을 행하게 만드는 것의 부당성을 주장했던 것이다. 하지만 어째서 자위대의 총구 앞에는 타자밖에 없는 것인가. 하늘을 나는 자위대의 군용헬기가 어째서 자신들의 생명에 위협을 주는 것이라고 감지하지 못하는 것인가. 도쿄에

---

15 沖縄県労働組合協議会, 『日本軍を告発する』, 1972年, 4頁.

서 사람들이 자위대의 해외파병에 맞서 '죽이지 말라'고 외치는 순간에, 그런 감지력을 둘러싼 균열이 단번에 퍼져 갔던 것이다. 이 균열 속에는 이미 존재하는 폭력에 대해, 그리고 이후부터 등장할 폭력에 대해 태세를 취하는 자들이 있다.[16] 오키나와 전쟁은 단지 비참한 사건이 아니다. 오키나와 전쟁이 이야기될 바로 그때 어디로 비수가 향해져 있는지에 관계된 문제인 것이다. '비참을 그저 단순한 비참'으로 여기면서, 자위대나 미군의 총구가 결코 자신들에게 향해 있다고는 생각지 못하는 전후 일본의 역사인식, 그것에 의해 줄곧 진압되고 있는 것이 바로 그런 태세를 취하고 있는 자들이며 그런 비수인 것이다.

---

16 모리사키 카즈에는 '복귀'를 눈앞에 둔 1971년, 오키나와 전쟁에서의 일본군의 주민 학살을 간토 대지진에서의 조선인 학살과 겹쳐놓으면서 다음과 같이 서술하고 있다. "예컨대 오키나와의 복귀를 전쟁 중의 학살 행위의 적발로서 공포스럽게 받아들이는 본토 민중이 과연 있겠는가." (森崎和江, 「アンチ天皇制感覚—沖縄・本土・朝鮮[안티 천황제 감각: 오키나와・본토・조선]」, 『現代の眼』 1971年 8月, 森崎 『異族の原基[이족의 본원 기초]』(大和書房, 1971年)에 수록, 193頁. 일본 속에서 모리사키는 그런 균열과 태세를 취한 자들을 발견하고 있다. 그렇게 간토 대지진에서 계엄상태의 폭력에 의해 살해당한 자들과 오키나와 전쟁에서 살해당한 자들이 겹쳐져 있음을 발견하는 것이다. 이런 관점에서 오키나와의 '복귀'를 포착하고 있는 동시대의 문장을 모리사키 이외에 달리 찾을 수는 없다. [관련하여 참고할 수 있는 글로는, 도미야마 이치로, 「계엄령에 대하여: 관동대지진을 상기한다는 것」(정영신 옮김, 『일본비평』 7호, 2012)이 있다.]

폭력에 노출되고 있다는 현실을 아는 행위가 단지 병적인 증상으로 간주되고, 과거의 폭력이 단지 비참함으로 여겨지는 가운데 성립하고 있는 것이 전후 일본의 역사인식이다. 그것은 호소를 통해 아베나 스가를 지탄하는 것만으로는, 결코 변하지 않는다. 애초에 폭력에 노출되고 있음을 말로 드러내는 일 자체가 곤란한 것이며, 폭력의 흔적이 한 사람의 생에 안겨져 있는 것으로서 결코 하나의 속성으로 정돈될 수 없는 곤란함도 거기에 겹쳐져 있다. 그렇게 병적인 증상과 '단순한 비참' 속에서 성립한 세계를 질문하지 않는 오키나와론은 그런 곤란을 곤란 그대로 도포하여 덮어 감춰버리게 될 것이다. 이는 그런 오키나와론이 무슨 테마를 취한 것인지 무엇을 제제로 삼은 것인지와 같은 부류의 문제가 아니다. 그런 테마와 제재에 관여하는 말의 모습言葉の姿이 처음부터 질문되지 않으면 안 되는 것이다. 단지 대상을 표시할 뿐인, 「오키나와의 ○○」 같은 소유격으로 된 논의는 그런 곤란함 앞에서 질문투성이가 될 것이다.

V 테러와 '시작의 앎'

1999년 6월 26일의 《아사히 신문》에 메도루마 슌의 짧은 소설 「희망」이 게재되었다. 1995년에 일어났던 미군 병사에 의한 집단 강간 사건을 규탄하는 대규모 집회가 각지에서 미군 기지 철거가 목소리 높게 주장되고 있었다. 서두에서 언급했던 도쿄의 집회도 그중 하나이다. 「희망」은 그런 상황 속에서 미군 병사의 아이를 살해하고 자신도 분신하는 한 사람을 그린 이야기다. "8만 명의 사람들이 모여서는 무엇 하나도 이루지 못했다"고 이야기하는 주인공.

> 지금 **오키나와**オキナワ에 필요한 것은 수천 명의 데모도 아니거니와 수만 명의 집회도 아닌, 한 사람 아메리카인 유아의 죽음이다.[17]

메도루마 슌은 이 이야기에 '희망'이라는 제목을 붙였다. 이를 읽은 나는 폭력에 노출된 상태에서 그에 맞서 태세를 취하고 있던 자가 말 속에서 떠오른 것으로 받아들였다. 그런 태세를 취한 상태에서 시작되는 일의 전개가 윤곽을 가지고 묘사되었다고 생각한 것이다. 그리고 거기에는 당연히 압도적인 진압이 대기하고 있었다. 정확히 말하자면, 이미 폭력에 노출되고 있었던 것이며, '희망' 역시도 진압되고 있었던 것이다. 그 진압을 예감했기 때문에야말로 나는 다음과 같이 서술하게 되었다. "모든 의미에서, 테러를 사고하지 않

---

17 「희망」은 『目取真俊短編小説選集 3 面影と連れて(うむかじとぅちりて　ぃ)』(影書房, 2013年)에 수록되어 있다. 同, 103-104頁.

으면 안 된다. 그 앞에서 정지하는 일 없이 마음껏 행해진 상상력과 인내력으로, 그들 패거리보다도 재빠르게, 그것을 예감하고 손에 넣지 않으면 안 된다."[18] 나는 그 '패거리' 속에서 안주하는 전후 일본의 역사인식을 향한 질문으로서 메도루마의 「희망」을 읽었던 것이다.

처음 「희망」을 읽었던 것은 신문지면이 아니다. 당시 1년에 한 번 〈오키나와 수다ゆんたく[오키나와 방언으로 '손님 환대'를 뜻하기도 함]〉라는 소규모 모임을 하고 있었다. 거기는 항간의 오키나와론 속에서 고립감이 깊어지고 있던 내게 안심하고 논의할 수 있는 귀중한 장소였다. 그 장을 설정하고 있던 친구 노무라 고야 씨로부터 「희망」의 복사본이 배송되어 왔던 것이다. 거기서 모였던 동세대 혹은 여러 젊은이들도, 「희망」이 오키나와의 경험을 밑바닥에 방치한 상태를 전제로 성립되고 있던 일본의 전후에 비수를 꽂은 것으로 받아들였다고 생각한다. 2001년 9월 11일의 사건이 있기 2년 전의 일이었다. 이후 세계는 '테러와의 전쟁' 같은 말로 뒤덮여갔다.

하지만 내가 도쿄나 오사카나 교토에서 접한 「희망」에 대한 여러 반응들은, 결코 폭력은 안 된다는 것, 테러는 역시 피해야 한다는 것이었다. 나는 그런 반응들이, 폭력에 노

---

18 冨山一郎,「テロルを思考すること—目取真俊「希望」」[테러를 생각하는 것: 메도루마 슌의 「희망」],『インパクション』119号, 2000年, 84頁.

출되어 있는 현실을 아는 자들에게 서린 신체성을 단지 병적인 증상으로 간주하는 자들과 동일한 시선을 가진 것이라고 생각했다. 하지만 동시에 나는 메도루마가 묘사한 살인을 사고할 수 있는 말도 장소도 발견할 수가 없는 상태였다. 거기에 2001년 9월 11일의 사건이 겹쳐졌다. 미국의 아프가니스탄 공격에 대해 외쳐졌던 '테러에도 전쟁에도 반대한다'는 슬로건, '~에도'라는 낱말로 이어져 있는 그 등가적 사고에서, 결코 폭력은 안 된다는 일반적 규범이 자신들의 세계에 정당한 전제가 되어 있다고 믿는 자들의 오만함을 감지하고 강렬한 위화감을 느꼈지만, 뉴욕의 무역센터에서 죽은 이들을 어떻게 받아들여야 할지에 대해서는 역시 준비가 없었다.[19]

분노 속에서 「희망」을 삼켜버릴 것처럼 된 나 자신이 있다. 세계를 석권하는 금융자본주의의 중추부라고 할 무역센터 빌딩에 대한 공격에 대해 '테러에는 반대' 따위의 말이 내게는 떠오르지 않았다. 하지만 그에 앞서 말의 거처言葉の在処가 내게는 발견되지 않았던 것이다. 그리고 정유진 씨가 메도루마의 「희망」을 두고 '진부'하다고 말했을 때, 나는 이윽고 움직임을 시작할 수 있게 되었다고 생각한다.

---

19 그 모색으로서 다음 좌담회가 있다. 太田昌国·酒井隆史·冨山一郎,「暴力と非暴力の間[폭력과 비폭력 사이]」,『インパクション』132号, 2002年.

정유진 씨는 폭력은 안 되는 것이라는 일반규정은 "폭력이라는 힘을 감지함으로써 열어젖혀지는 준비태세적인(신체적인) 상황과는 아무 관계가 없는 것"으로서, 그런 규정이란 "평가의 말은 될지라도 개입의 말은 아니"라고 한 다음, 나를 포함해 「희망」을 논한 몇몇 사람들의 저류에 깔린 문맥, 곧 「희망」을 폭력에 노출된 자들의 저항 혹은 대항적 폭력으로 받아들이는 문맥에 위화감을 표명했다.[20]

그것은 폭력에 노출된 자, 감히 말하자면 고통을 껴안고 있는 자들이라는 집합의 속성 규정에 대한 위화감이다. '오키나와의 고통'이라는 소유격에 붙은 속성을 전제로 삼아버리고 있던 것이다. 오키나와에는 고통이 있지만 일본에는 없다는 속성 분류는 역시 전후 일본의 역사인식의 연장선 위에 있다. 따라서 '오키나와의 고통'은 말의 출발점으로서 확보해야 하는 것이며, 그것은 움직일 수 없는 전제가 아니다. 나를 포함해 「희망」에 관련된 논의는 여전히 '평가의 말은 될지라도 개입의 말은 아닌' 것이다. 다른 방향이 설정되지 않으면 안 된다. 고통은 전제가 아니라, 거기로부터 '안다'는 동사가 시작되지 않으면 안 되는 것이다. 태세를 취한 신체들은 일거에 무언의 대항폭력으로 몸을 뒤집는 게 아니며,

---

20 鄭柚鎭, 「「安保の問題を女の問題として矮小化するな」という主張をめぐるある政治[`안보 문제를 여자 문제로 왜소화하지 말라'는 주장을 둘러싼 정치]」, 冨山一郎・森宣雄編著, 『現代沖縄の歴史経験』, 青弓社, 2010年.

그 상황 속에도 말의 거처가 있는 게 아닐까. 아니 설령 몸을 뒤집어 결기했을지라도 그것을 말 속에서 다시금 포획하지 않으면 안 되는 게 아닐까. 왜냐하면 우리들의 세계로부터 말을 포기할 수는 없는 일이기 때문이다. 폭력으로 불리는 힘의 영역이 열어젖혀지는 것은 역시 말 속에서 구성되는 사회이지 않으면 안 되는 것이기 때문이다. 그런 뜻에서도 말 속에서 다시금 포획되지 않으면 안 되는 것이다.

오키나와를 이야기하는 일의 곤란함이란 폭력에 노출되어 있는 생生이라는 것에 있다. 하지만 폭력의 흔적은 개개인의 삶과 신체성에 입각하여 존재하는 것이지 집합적 속성에서 등장하는 것이 아니다. 설령 '우리들'이라는 명칭이 채용됐을지라도 그것은 공통집합을 의미라고 있는 게 아니다. 고통을 안다는 행위는 마치 고통의 소유자처럼 취급된 자와 그렇게 취급되지 않는 자 사이에서 고통을 포착하는 일이며, 고통을 안다는 행위 속에서 그들이 서로 어떤 관계성을 새로이 만들어 갈 수 있을지에 대해 질문하는 일이다. 안다는 행위는 스스로가 폭력에 노출되어 고통을 안고 있음을 안다는 것이기도 하며, 소유격 속에서 구분되고 분류되고 말았던 폭력의 흔적을 다름 아닌 '나'를 매개로 하여 연결시켜가는 것이기도 하다.

난폭하게 말하자면, 폭력에 노출되어 있지 않은 생은 없다. 하지만 그것을 일괄하여 이야기할 필요도 없으며 분류하여 이야기할 필요도 없다. 반복하지만, 폭력은 개개인의 삶과 신체성에 입각하여 존재하고 있는 것이고, 그 흔적은 3인칭 복수 속에서가 아니라 1인칭과 2인칭 속에서 말을 통해 조금씩 다가설 수 있는 것이다. 그것은 또한 "곁에서 일어나고 있는 것은 이미 타인의 것이 아니다"는 것을 아는 일일 것이다.[21] 그 어떤 곤란일지라도, 그것이 시작의 기점이라고 나는 생각한다. 그리그 그 기점은 곤란을 앞에 두고 폐기되거나, 집합적 속성으로 치환되어 논의되는 과정에서 보이지 않게 되고 말 것이다. 그렇기 때문에야말로 끊임없이 그 기점을 계속 확보해 나갈 수 있는 장이 필요한 것이다. 역사를 안다는 것은 바로 그 기점을 확보하는 장과 함께 있다. 앞서 에피그래프로 인용했던, 역사가 "지금 새로이 다시 경험해야 할 일과 사물로 충만한 **장이 될 터이다**"라는 후지타의 말은 그러한 장을 만드는 일로서 받아들이게 된다. 안다는 것은 새로운 장이며 관계의 생성이다. 이리하여 '시작의 앎'에 이르게 됐던 것이다.

---

21   위의 16번 각주를 다시 봐주시길 바란다. 모리사키 카즈에가 오키나와 전쟁에서의 학살과 간토 대지진에서의 학살을 겹쳐 보았던 그 시점을 말이다.

도미야마 이치로(富山一郎)

1957년 교토에서 태어나 교토대학교 농학부를 졸업하고 같은 학교 대학원 농학연구과에서 『근대일본사회와 '오키나와인'』으로 박사학위를 받았다. 오사카대학교 대학원 문학연구과를 거쳐 현재 도시샤대학교 글로벌스터디스연구과 교수로 재직 중이다. 프란츠 파농과 이하 후유를 사상의 중심으로 삼아 오키나와에 관한 사고 행위에 지속적인 질문을 던지고 있다. 저서로 『전장의 기억』 『폭력의 예감』 『유착의 사상』 『시작의 앎』 등이 있다.

윤인로

『신정-정치』 저자

이하 후유(伊波普猷)의 「일류동조론(日流同祖論)」 재독-'정치(la politique)'를 놓치지 않기 위하여

사키하마 사나(崎濱紗奈) 지음

김경채 옮김

1. 들어가며—이하 후유의 현위치

오키나와 근현대사상사[1]를 읽으려 할 때 반드시 조우하게

---

[1] 이 글에서는 근대 이후의 오키나와에서 전개된 사상사를 '근현대 오키나와 사상사'가 아닌, '오키나와 근현대사상사'로 부르려 한다. 사소한 차이이기는 하나, 여기에는 다음과 같은 의도가 있다. '근현대 오키나와 사상사'라 하면, '오키나와 사상사'라는 고유한 실체가 존재하며, 그 실체가 경험한 '근현대'에 대해 논하는 것이라는 오해의 소지가 있다. 하지만 이 글의 입장은 그 같은 인식과는 다른 지점에 놓여 있다. 이 글에서는 자본주의가 말 그대로 세계를 석권하기 시작한 시대를 '근대', 그로부터 이어지는 시대를 '현대'로 보고, 그 속에서 영위되어 온 사상적·철학적(때로는 문학적) 영위를 '근현대사상사'라 칭하기로 한다. 이는 각 지역·시대에 고유한 형태로 발현된다. 다만 그 고유성은 각각의 '근현대사상사'가 본질적으로 다르다는 것을 의미하지 않는다. 복수의 고유성은 **보편적 문제양식의 개별적 발현**으로 이해해야 한다. 근·현대라는 조건하에서 오키나와에서 전개된 사상의 흐름은 '오키나와 근현대

되는 것이 바로 이하 후유(伊波普猷)라는 사상가의 이름이다. 이른바 '류큐 처분'에 의해 류큐 왕국이 멸망한 뒤, 대일본제국의 통치하에 놓인 오키나와가 탄생한 것이 1879년이다. 그로부터 3년을 더 거슬러 올라간 1876년, 이하 후유는 나하(那覇)² 토족의 후예로 태어났다. 그리고 대일본제국이 패전한 1945년의 2년 뒤인 1947년, 71년에 걸친 그의 생을 마감했다. 유작이 된 『오키나와 역사 이야기(沖縄歴史物語)』의 말미에 담긴 다음의 문장은 오키나와 사상사를 접해 본 이들에게는 너무도 잘 알려져 있다. "지구상에서 제국주의가 끝을 고할 때, 오키나와인은 '비참하고 불행한 세상(にが世)'에서 해방되어 '미국의 세상(あま世)'을 누리며 그 개성을 살려 세계 문화에 공헌할 수 있을 것이다."³ 종전 직후, 샌프란시스코 강화조약에 의해 오키나와의 귀속이 결정되기 이전에 쓰인 문장이다. 강화조약 이후 1972년까지 오키나와가 미군의 통치하에 놓이게 되고, 바로 그 27년간이 오키나와에 결정적인 각인을 남기게 될 것이라는 사실을, 이 시점의 이하는 알지 못했다. 그러나 오키나와를 오키나와라는 '위치(position)'에 두게 된 원흉을 제국주의라는 보편적 구조에서 찾았던 이하 후유의 지적은 타당했다.

사상사'로 칭해야 한다는 것이 이 글의 입장이다.
2   역주: 현재 오키나와의 현청 소재지이자 오키나와 최대의 도시이다.
3   『伊波普猷全集』(第2卷), 平凡社, 1974, p. 457.

시대를 관통하는 시선을 가지려 하는 자세, 제국 헤게모니에 의해 주어진 위치—'내지(內地)', 혹은 '본토(本土)'에 대한 열위(劣位)로서의 오키나와—로부터 어떻게든 탈출하여 스스로의 손으로 오키나와라는 주체를 확립시키고자 했던 고뇌로 가득 찬 이하의 문장들은, 그의 사후에도 많은 독자들을 매혹시켜 왔다. 특히나 '조국 복귀'[4]가 이루어졌던 1972년을 전후한 시기에 그에 관한 많은 글이 쓰였고, '이하 후유 붐'이라 해도 좋을 만큼의 관심을 받았다는 사실은 특기해 두어야 할 것이다. 그러한 붐이 일었던 것은 1976년이 마침 이하 후유 탄생 100주년과 겹쳤기 때문만은 아니다. '조국 복귀'를 경험한 사람들이 '류큐 처분'을 경험한 이하로부터 다음과 같은 문제의식을 발견했기 때문이리라. 원하든, 원치 않든 일본이라는 국민국가로 병합되어 갈 상황에 처했을 때, 오키나와라는 주체를 어떻게 구상할 수 있을 것인가. 이 물음은 다음과 같은 질문으로 환언할 수도 있겠다. '오키나와에 있어 일본이란 무엇인가', '일본에 있어 오키나와란 무엇인가.' 현재에 이르기까지 반복적으로 제기되어 온 물음이다.

물론, '이하 후유 붐' 내부에서도 모든 독자가 그의 논의에 찬동한 것은 아니었다. 이하를 둘러싼 평가는 말 그대

---

4 역주: 오키나와의 시정권(施政權)이 일본으로 반환된 것을 의미한다.

로 찬반양론으로 나뉘어 있었으며, 각 입장들은 격하게 대립
해 왔다. 이 찬반양론의 구조(이 글에서는 이하를 둘러싼 찬반
양론의 구조를 '이하 후유 논쟁'이라 칭하겠다)는 기본적으로 현
재까지 유지되어 오고 있다. 지면상의 제약으로 각 논자들
의 논의를 상세하게 소개하기는 어렵지만 대강의 내용을 다
음과 같이 정리할 수 있을 것이다. 먼저, 이하의 입장을 옹호
하고 그의 '일류동조론(日琉同祖論)'조차 호의적으로 해석하
려는 논자들이 있다. 오시로 다쓰히로(大城立裕)[5], 오타 마사
히데(大田昌秀)[6], 다카라 구라요시(高良倉吉)[7], 히야네 데루오
(比屋根照夫)[8]와 같은 논자들이다. 이들 주장에 따르면, 이하

5 　大城立裕, 「伊波普猷の思想——「琉球民族」アポリアのために」, 外間守
善編, 『伊波普猷——人と思想』, 平凡社, 1976, pp. 111~42. 오시로 다츠
히로는 1976년, 『칵테일 파티(カクテルパーティー)』라는 작품으로 오
키나와 출신의 소설가로는 처음으로 아쿠타가와상을 수상했다.

6 　大田昌秀, 「伊波普猷の思想とその時代」, 外間守善編, 『伊波普猷——人
と思想』, 平凡社, pp. 143~207. 오타 마사히데는 현재 오키나와의 후텐
마 기지 이전 문제의 발단이 된 소녀폭행사건(1997) 당시 오키나와현
지사였던 인물로, 미군기지를 목적으로 한 토지 이용에 대해 대리서명
을 거부한 좌파 정치가이자 사회학자이다.

7 　金城正篤·高良倉吉, 『伊波普猷——沖縄史像とその思想』, 清水書院,
1972. 高良倉吉, 『「沖縄」批判序説』, ひるぎ社, 1997. 다카라 구라요시는
오키나와의 슈리성(首里城)이 복원된 1992년, 복원 사업의 중심적 역할
을 담당한 역사학자이다. 2013년부터 2014년에 걸쳐 후텐마 기지의 헤
노코 이전을 용인한 나카이마(仲井真) 현지사의 밑에서 부지사를 역임
했다.

8 　오키나와를 대표하는 사상사가이다.

로 찬반양론으로

후유의 '일류동조론'은 다음과 같은 측면에서 **전략적** 동화주의의 일환이었다. 이하가 일본과 오키나와가 '동조(同祖)', 즉 동일한 선조에서 기원한다는 주장을 통해 오키나와에 대한 일본의 부당한 차별에 대해 대항하려 했다는 것이다. 또한, 일본에 대해 열등감을 품고 있는 오키나와에 대해 '동조'를 주장하는 것은 열등의식의 불식에도 영향을 끼쳤다는 것이 이들의 주장이다. 이 같은 호의적 해석의 반대편에는 이하를 통렬하게 비판하는 논자들 역시 존재한다. 아라카와 아키라(新川明)[9], 이사 신이치(伊佐眞一)[10]가 대표적이다. 이들은 상술한 **전략**이 이하의 내적 논리였다는 점을 인정하면서도, '일류동조론'이 결과적으로 초래한 부정적 영향에 대해 그 책임을 엄정히 묻고자 했다. '일류동조론'에 대한 비판이 강하게 의식하고 있는 것은 집단 자결로 대표되는 오키나와 전투(1945. 4. 1~6. 22)의 비극이다. 그들의 독해에 따르면 '일류동조론'은 오키나와가 일본을 위해 목숨을 내던지

---

9 新川明, 『異族と天皇の国家——沖縄民衆史への試み』, 二月社, 1973. 아라카와 아키라는 '조국 복귀'를 추진하려는 사상을 통렬히 비판하면서 오키나와의 일본 '복귀' 비판, 더 나아가 국민국가 전반에 대한 비판을 1960년대 후반부터 전개한 사상가이다. 가와미츠 신이치(川満信一), 오카모토 게이토쿠(岡本恵徳) 등과 함께 '반복귀론'을 견인한 인물로 알려져 있다.

10 伊佐眞一, 『伊波普猷批判序説』, 影書房, 2007. 이사 신이치의 『오키나와 비판 서설(伊波普猷批判序説)』은 이하 후유 논쟁에 다시금 불을 지피는 계기가 되었다.

고, 일본과 함께 집단 자결할 것을 결의하고, 또 그것을 행동으로 옮겼을 때, 그 같은 결정을 선동했다. 이하의 의도가 무엇이었든, 오키나와 전투의 결정들을 낳은 책임은 묻지 않을 수 없다는 것. 이것이 이하를 비판하는 논자들의 입장인 것이다.

2. 기존의 주체에서 또 다른 주체로
—정치(la politique)를 개시하기 위하여

이하 후유에 대한 기존의 입장들은 상술한 바와 같다. 이를 바탕으로 필자의 입장을 다음과 같이 분명히 하고자 한다. 필자는 이하 후유가 남긴 사상—그 핵심에 있는 '일류동조론'—이 후발 세대에 의해 반드시 극복되어야 할 성질의 것이라 생각한다. 이는 이하 후유의 텍스트 내부에 침입하여 이하 후유가 어떠한 지점에서 실패했고, 또 어떠한 가능성을 남겼는지를 확인하는 작업을 통해서만이 가능하다. 넘어서거나 극복한다는 것은 이하를 단죄하고 그의 머리를 단두대에서 베어버리는 것을 의미하지 않는다. 중요한 것은 이하의 텍스트에 입각하여 그 핵심을 추출함과 동시에, 그것을 하나의 '사상'(혹은 철학)으로서 그려내는 것, 더 나아가 그 사상이 가진 구조를 명확히 하는 것이다. 당연하게도 이 같은 작업은 많은 곤란을 동반한다. 하지만 곤란을 감수하더라도 반드시 필요한 지적 실천이라는 생각이 들 만큼, 이하 후유라는 사상가의 텍스트는 위대하다. 다만, 그 위대함은 우러러 받들며 숭상해야 할 것은 아니며, 또한 사상의 박물관에 말끔하게 진열해 놓아야 할 것도 아니다. 과거의 이하 후유론은 그들 각자의 방식으로 이하의 언설에 도전해 왔다. 그러나 굳이 말하건대 과거의 그 어떤 이하 후유론도 필자가 느껴 온 불편함, 위화감을 지워 내지는 못했다. 그 감각은 아마도 다음과 같은 점에 연원할 것이다.

이하를 옹호하든, 비판하든, 기존의 많은 이하 후유론은 일본과 오키나와라는 두 주체를 전제로 하여 그의 텍스트를 독해해 왔다.[11] 다시 말해 일본에 대한 오키나와의 '동화(同化)', 혹은 일본으로부터의 오키나와의 '이화(異化)'라는 틀 속에서 이화의 텍스트를 읽어 온 것이다. 이는 앞서 언급한 물음—일본에 있어 오키나와란 무엇인가, 오키나와에 있어 일본이란 무엇인가—에 매우 강력하게 규정된 독해 방식일 것이다. 물론, 이하 역시 유사한 문제의식을 공유하고 있었다고 해도 전혀 틀린 말은 아니다. 다만, 도미야마 이치로(冨山一郎)가 지적한 것처럼, 다음과 같은 사실에 주목하는 것은 중요할 것이다. 이하는 도리이 류조(鳥居龍蔵)[12]의 인류

---

11 도미야마 이치로(冨山一郎)의 분석은 예외라 할 수 있겠다.
12 역주: 제국 일본을 대표하는 인류학자, 고고학자, 민속학자이다. 제국
   대학의 지원을 받아 식민화된 지역에 대한 현지 조사를 수행했다. 대표

학이나 우에다 가즈토시(上田万年)[13]의 언어학으로 대표되
는 제국 일본의 학지(学知)가 일본의 윤곽을 확정해 나가는
과정을 당대에 목격했다. 이들의 학지는 일본이라는 주체를
확립하기 위하여 오키나와, 아이누, 대만, 조선과 같은 주체
들을 창출해 냈다. 그리고 이들을 타자로 설정하고 그 타자
로부터 역조사(逆照射)된 신체를 주체화하는 복잡한 과정을
통해 비로소 일본이라는 네이션이 확정됐다.[14]

　왜 이 같은 과정에 주목할 필요가 있을까. 그것은 오키
나와라는 장소에서 새로운 주체를 구상함에 있어 주체에 대
한 담론이 빠지기 쉬운 함정을 피해 가기 위해서는 기존의
주체가 걸어온 내력을 분명히 할 필요가 있기 때문이다.[15]
지금의 시점에서 오키나와의 '주체성'이나, '자기결정권'을
논의할 때, 제국 일본에 의해 설정된 주체가 얼마나 강고한

　　적으로는 청일전쟁(1894) 이후의 대만의 원주민 조사, 한일합병(1910)
　　이후의 조선의 민속, 유물 조사 등을 주도했으며, 일선동조론(日鮮同祖
　　論)의 학술적 기반를 마련한 인물로 알려져 있다.
13　역주: 제국 일본의 국어학자이다. "일본어는 일본인의 정신적 혈액"이라
　　는 관념 아래 '국어'와 '국가'의 유기적 연계를 꾀했다. 독일의 언어학을
　　응용하여 일본의 과학적 국어학의 기초를 다진 인물로 평가된다.
14　冨山一郎, 『暴力の予感――伊波普猷における危機の問題』, 岩波書
　　店, 2002. 酒井直樹, 『日本思想という問題――翻訳と主体』, 岩波書店,
　　1997.
15　후술하겠지만 여기서 말하는 새로운 주체란, 기존의 주체를 탈구축한
　　뒤에 얻어지는 것이며, 자크 랑시에르가 정의한 '정치(la politique)'를
　　개시하기 위해 요구되는 것이다.

것이며, 또한 그 주체에 대한 인식이 얼마나 우리들 속에 깊이 각인되어 있는 것인지 잊기 쉽다. 혹은, 바로 그 각인의 심각성을 과소평가하여 마치 오키나와의 주체성을 자신의 손으로 쉬이 구상할 수 있을 것처럼 생각하게 되는 것이다. 그러나 주지하듯 새로운 주체를 구상하기 위해서는 지금까지의 주체의 내력을 충분히, 주의 깊게 검토할 필요가 있다. 이러한 작업 없이 종래의 주체를 탈구축하는 것은 불가능하다. 현시점의 오키나와가 마치 숙명과도 같은 아포리아를 짊어지고 있어서다.[16] 오키나와라는 주체는, 일본에 대한 열위의 주체로서의 자리에 정위되어 왔다. 이 정위 방식의 부당함, 부조리함을 고발하고, 현행 질서(status quo)의 수정을 요구함과 동시에 오키나와 스스로가 주체[17]로 나서고자 하는 것이 지금의 상황이다. 그러나 이 같은 움직임에서 일본이라는 주체, 일본이라는 헤게모니에 대한 대항의 형식이 그 출발점에 있는 이상, 오키나와는 얄궂게도 일본을 영원히 필요로 할 수밖에 없게 된다. 어떠한 주체도 타자 없이는 성립하지 않기 때문이다. 다시 말해 오키나와라는 대항 주체는 늘 일본이라는 타자를 요구하게 된다는 것이다. 일본을 타

---

16 후술할 아포리아에 정면으로 대응해 온, 아라카와 아키라, 가와미츠 신이치, 오카모토 게이도쿠, 나카자토 이사오(仲里効), 신조 이쿠오(新城郁夫)의 작업들을 참고해 주길 바란다.

17 역주: 열위의 주체가 아닌 동등한 위치의 주체를 의미한다.

자로 삼는 대신 또 다른 참조항을 설정하여 오키나와의 주체성을 구상해 나가면 되는 것 아닌가. 이런 의문도 분명 존재한다. 그러나 애초에 오키나와의 주체성 그 자체가 일본과의 관계 속에서 규정된 권력관계의 수정을 위해 요청되어 온만큼, 일본을 배제하거나 망각하는 것은 불가능하다.[18]

오해의 소지가 있을 것 같아 부언하자면, 필자는 일본과 오키나와라는 각각의 주체, 그것으로 구성되는 이항대립적 구조를 부정·부인하려는 것은 아니다. 필자가 시도하려는 것은 이들 주체가 어떻게 생성되고, 또 이들을 둘러싼 권력 관계가 어떻게 설정되어 있는지를 명확히 하는 것이다. 더 나아가 이 작업을 새로운 주체를 구상하기 위한 단서로 삼고, 현재의 권력관계를 바꿔 써 보려는 것이다. 전술한 바와 같이 이것은 랑시에르가 말한 '정치(la politique)'를 개시하기 위한 기획이다. "정치가 존재하는 것은 목자인 왕들이나 군인 귀족들, 또는 자본가들의 자연적 질서가 사회 질서 전체가 의거할 궁극적인 평등의 실현을 요구하는 자유에 의해 중단될 때이고 또 중단되기 때문이다."[19] 랑시에르가 논하고

---

18 이 같은 아포리아는 오키나와에만 적용되는 것은 아니다. 마이너리티 내셔널리즘, 혹은 식민지주의에 대한 과거의 저항들을 떠올려보면 이 문제는 보다 넓은 맥락에서 공유될 수 있을 것이다.

19 ジャック・ランシエール, 『不和あるいは了解なき了解――政治の哲学は可能か』, 松葉祥一・大森秀臣・藤江成夫訳, インスクリプト, 2005, pp. 41~2.

자 하는 바는 이것이다. '정치'는, '평등'을 실현하기 위해서
현행 질서에 대해 이의제기를 하는 '주체'가 등장할 때 비로
소 존재한다. 환언컨대, 정치란, 언제나, 이미 주어져 있는 것
이 아니다. 그것을 표출하고자 하는 주체가 없다면 정치는
존재하지 않는 것과 마찬가지이다.

　여기서 중요한 것은 정치를 가능케 하는 '잘못(tort)'[20],

20　역주: 랑시에르의 텍스트들을 한국어로 옮긴 기존의 작업들에 따르면
'tort'는 '(방)해', '왜곡', '잘못', '부당함' 등의 개념으로 다양하게 번역되
어 왔다. 예컨대 양창렬 역,『정치적인 것의 가장자리에서』, 길, 2013에
서는 '(방)해'로, 진태원 역,『불화』, 길, 2015에서는 '잘못'으로 번역하
고 있다. '(방)해'는 'tort'에 대한 매우 타당한 번역어로 보이는데, 번역
어에 대한 옮긴이의 설명은 다음과 같다. "우리는 랑시에르의 중요 개
념인 le tort를 '해'로 옮긴다. (중략) 랑시에르는 위와 같이 플라톤과 아
리스토텔레스를 중첩시켜 정치의 핵심에 있는 이중의 '해'(害)를 지적한
다. 공동체의 몫을 분배하는 바탕인 사회의 상징 질서는 다수의 말하는
존재들을 마치 말(logos)을 갖지 않은 짐승인 양 침묵의 어둠 속에 던져
버림으로써 구축된다. 말을 갖지 않은 자는 정의와 부정의를 명시할 수
있는 이성(logos)을 갖지 않았기에 정치 무대에서는 보이지도 들리지도
않(아야 하)는 존재이다. 인민(데모스)이란 이렇게 보이는 자와 보이지
않는 자, 말을 갖는 자와 갖지 않는 자의 나눔 속에서 후자에 배정된 이
름이다. 하지만 인민은 자신이 당한 이 '해'를 바로 그 '해'의 이름—데
모스 또는 프롤레타리아 등—으로 주체화한다. 그리고 성질 없는 다수
의 인간들의 모임이야말로 전체라고 주장하면서 말하는 신체들의 분배
한가운데에 공통의 척도로 잴 수 없는 것을 도입함으로써 기존 질서를
해친다. (중략) 플라톤의 염려대로 기능의 바꿈, 랑시에르 식으로 말하
면 '자리 옮김' 또는 '탈정체화'가 그 사회에 최대의 '해'가 된다. 요컨대
le tort란 몫이 없는 자들이 받은 '해'(害)이면서, 동시에 그들이 자기에
게 배정된 곳에서 자리를 옮기며 공동체의 비율을 계산 불가능하게 중
지시킴으로써 사회의 상징 질서에 끼치는 '해'이기도 하다."『정치적인

그리고 '불화(mésentente)'이다. '잘못'이란, 특정 공동체에 있어서 '몫(part)'이 주어지지 않는 존재로 간주(계산)되는 자들이 '몫 없는 자의 몫'을 요구함을 의미한다. 그리고 '불화'란 곧, '잘못'의 계기로서 '몫 없는 자들의 몫'을 요구하는 자들과, 그들에게 '몫'을 나눠 줄 것이라 상정되지 않는 자들 사이에서 벌어지는 투쟁이다. "불화는 하얗다고 말하는 사람과 검다고 말하는 사람 사이의 갈등이 아니다. 그것은 하얗다고 말하는 사람과 하얗다고 말하면서도 조금도 같은 것을 생각하고 있지 않은 사람의 사이의, 혹은 상대방이 하양이라는 명사를 통해 같은 것을 생각하고 있다는 것을 조금도 이해하고 있지 않은 사람 사이의 충돌인 것이다."[21]

3. 이하 후유의 '정치 신학'

여기서 랑시에르가 말하는 '불화'를 이하 후유의 '일류동조론'과의 관련 속에서 생각해 보고자 한다. 결론부터 말하자면, 이하의 '일류동조론'은 랑시에르가 말하는 '불화'를 일으

것의 가장자리에서』, pp. 113~4. 다만 이 글에서는 일본어판의 번역과 한국어판 번역, 양쪽의 개념적 정의를 모두 포섭할 수 있는 가장 타당한 번역어로 판단되는 '잘못'을 채택하기로 한다.

21 ジャック・ランシエール, 앞의 책, p. 9.

킬 수 있는 발화, 바로 그것이었다.[22] "우리는 일본인이다"라고 주장하며 평등을 위한 '몫'을 요구하는 이하의 발화는 제국 일본이 구축한 '자연적 질서' 속에서 '일본인'의 위치에 서 있는 사람의 시선에서 본다면 분명 '잘못'—그들은 같은 '몫'을 받을 자격이 없다—으로 여겨질 터이기 때문이다. 다만 중요한 것은 이하가 류큐인(혹은 오키나와인)과 일본인에 대한 동등한 '몫'을 요구했다는 점에 있지 않다. 이하의 발화는 '하얗다(일본인)'라고 말하는 사람과 '검다(류큐인)'라고 말하는 사람 사이의 충돌이 아니다. '일본인'이라는 동일한 명사를 둘러싼 투쟁을 촉발시켰다는 점, 다시 말해 '불화'를 일으키고, '정치'를 표출시켰다는 점이야말로 중요한 것이다. 환언컨대 이하의 논의는, '일류동조론'을 통해 일본, 혹은 일본인이라는 개념 자체를 근저로부터 바꿔 써보려는 기획에 다름 아니었다.

그렇다면 이하의 기획은 구체적으로 어떠한 방식으로 시도되었을까. 이하의 사상적 도전을 한마디로 표현하자면 그것은 '신화(神話) 다시 쓰기'라 할 수 있을 것이다. 그 구체적 시도들은 『오나리가미의 섬(をなり神の島)』(1936), 『일본 문화의 남점(日本文化の南漸)』(1936), 『오키나와고(沖縄考)』

---

22 과거형을 사용한 것은 이하의 '일류동조론'이 가진 가능성이 이하 자신에 의해서 완전히 전개되었다고는 생각하지 않기 때문이다.

(1942)[23]를 중심으로 하는 이하의 만년의 작업들 속에서 전개되었다. 이제껏 이 텍스트들은 이하를 논함에 있어 그다지 중요한 검토대상이 아니었다. 이들 텍스트가 '오모로(おも ろ)', '퀘나(クェーナ)', '미세세루(ミセセル)'와 같은 류큐의 고대가요(우타, ウタ)[24]의 상세한 분석이나 민속적 사료와 자료의 끝임 없는 검토를 담고 있는 탓에 언어학이나 문학, 민속학과 같은 전문영역에 있어서는 그 자체로 의미 있는 연구가 될 수 있다 하더라도 그것들이 이하 후유의 사상을 체현한 텍스트라고는 여겨지지 않았던 것이다. 그러나 필자는 이 텍스트들이야말로 이하의 '일류동조론'의 핵심을 담고 있다고 생각한다. 이하가 이들 저작 속에서 아마테라스(アマテラ ス, 天照)[25]에 기원하는 천손일족(天孫一族)[26]을 비판하고 있기 때문이다. 물론 언론의 자유가 보장되지 않은 시대였던 만큼, 이하는 천황에 대한 비판을 정면으로 드러내지는 않았다. 다만, 그의 논리를 주의 깊게 따라가다 보면 이하의 텍스트 내부에서 다음과 같은 주장이 전개되고 있음을 눈치챌

---

23 『오나리가미의 섬(をなり神の島)』(1936), 『일본문화의 남점(日本文化の 南漸)』(1936)은 전집 5권에, 『오키나와고(沖縄考)』(1942)는 전집 4권에 수록되어 있다.
24 국문학자인 오리구치 시노부(折口信夫)의 용어로 표현하면 '신언(神 言)', '주언(呪文)', 즉 신에 의해 발화된 말들을 의미한다.
25 역주: 일본 창세신화에 등장하는 태양신이자, 일본 천황가의 시조이다.
26 당연히도 그 중심에는 천황이 있다.

수 있다.

이하는 신화 속의 주인공을 '천손(天孫)'에서 '아마베(海部)'로 바꿔 써 보려 했다. '아마베'란, '천손'에게 정복된 존재들로서, 천황의 권위가 확립된 이후 긴 세월 동안 태양을 볼 수 없었던 이른바 '따르지 않는 백성들(まつろわぬ民)'[27]이다. 이하는 이 '아마베'야말로 류큐민족의 선조, 즉 '아마미키요(アマミキヨ)'라 보았다. 다시 말해 이하의 '일류동조론'의 핵심에 있는 것은 '아마베'='아마미키요'라는 가설이다. 이하에게 '천손'을 중심으로 구성된 일본은 거짓된 일본이며, '아마베'야말로 본래의 일본='원일본(原日本)'의 모습을 상징하는 존재다. '원일본'의 흔적은 일본 본토에서 대부분 소멸했지만 유일하게도 오키나와만이 그 원형을 보존하고 있다는 논리다. '아마베'는 '천손'의 지배에서 벗어나 먼 남쪽으로 도망쳐 온 존재이기 때문이다. 남쪽으로 도망친 '아마베'만이 '아마미키요'라는 것, 더 대담하게 표현하자면 '원일본'은 일본 본토의 어디에도 존재하지 않으며, 오키나와만이 그 순수성(purity)을 표상=대표하고 있다는 것이다. '일류동조'란, '천손'을 대표하는 일본과, 류큐·오키나와가 동일하다는 것을 주장하는 논의가 아니다. '아마베'='아마미키요'를 매개로 하여 '원일본'=오키나와를 내세우는 것이

---

27 천손의 지배로부터 빠져나오고자 했던 존재들을 의미한다.

이하의 목적이다. 이는 단순한 동화주의도, 전략적 동화주의
도 아니다. 이하가 일본과 오키나와라는 두 주체를 전제로
하고 있지 않다는 점에서다. 오히려 이하의 '일류동조론'은
두 주체가 구축되기 이전의, 일종의 '원(archi)-세계'로 거슬러
올라가 그 근원적 장소를 현전시키려는 의도를 갖고 있었다.

이하는 바로 이 근원적 장소를 '마키요(まきよ)'[28]로 명명
했다. '마키요'란, 신과 인간이 하나를 이루던 태고의 공동체,
곧 '천손'에 의해 침략·정복되기 이전의 '아마베'='아마미키
요'의 공동체이다. 이하는 오키나와가 일본과의 관계 속에서
열위에 놓이게 된 것의 배경에 근본적으로는 자본주의의 문
제가 있다고 생각했다.[29] 그러나 이하는 이 문제를 마르크스
주의를 통해 극복하려 하지는 않았다. 마르크스주의 대신에
이하가 참조한 것은 야나기타 쿠니오(柳田國男)의 민속학,
오리쿠치 시노부(折口信夫)의 고대학이었다. 야나기타, 오리
쿠치는 모두 '신'에 대해 사고했으며 '신'을 통해 일본이라
는 공동체를 재구축함으로써 자본주의가 초래한 여러 뒤틀

---

28 마키요(まきよ, マキヨ)는 『오나리가미의 섬(をなり神の島)』, 『일본문화
    의 남점(日本文化の南漸)』(『伊波普猷全集』(第5卷), 平凡社, 1974), 『오
    키나와 고(沖縄考)』(『伊波普猷全集』(第4卷), 平凡社, 1974) 외에도, 『오
    모로소시 선석(おもろさうし選釈)』(『伊波普猷全集』(第6卷), 平凡社,
    1975)과 같은 고대가요 연구에서도 반복해서 등장한다.
29 후술하겠으나 이하는 '천손'으로 상징되는 왕권을 자본주의로 간주,
    '아마베'='아마미키요'를 그에 대한 대안이라 생각했다.

림을 해소하려 했다.[30] 다만 야나기타가 생각한 '신'과 오리
쿠치가 머릿속에 그렸던 '신'은 동일하지 않았다. 야나기타의
'신'은 공동체를 그 내부에서 축복하는 '선조신(先祖神)'인 반
면, 오리쿠치의 '신'은 공동체의 피안(彼岸)으로부터 도래하
는 '원래신(遠来神)'인 것이다. 이들 '신'에게는 공통점이 있다
면 '신'을 논함에 있어 야나기타도 오리쿠치도 '천손' 이전의
백성(야나기타의 '산인(山人)', 오리쿠치의 '아마베(海部)')에 주
목했다는 사실이다. 이들은 '천손' 이전에 존재했던 백성들의
신앙이 '천손'의 내부에 깊숙이 침투해 있었다는 점을 눈치채
고 있었다. 다만, 이하와 달리 야나기타와 오리쿠치는 '천손'
이전의 백성을 '천손'을 대신할 존재로서 전면에 내세우지는
않았다. 그들에게 중요했던 것은 어디까지나 '천손'을 중심으
로 하는 일본이라는 공동체였기 때문이다.

한편 이하는 '천손'을 철저히 비판했다. '천손'이야말로
자본주의를 초래하는, 모든 악의 근원이라 봤기 때문이다.
이하에 의하면, '천손'이 모시는 '신'은 백성으로부터 이삭
(稲)을 공출할 것을 '천손'에게 명령(신탁)한다.[31] 천황을 의

---

30 야나기타와 오리쿠치에 의한 '근대국학'과 자본주의의 관계에 대해서
    는 Harry Harootunian, *Overcome by Modernity: History, Culture and
    Community in Interwar Japan*, New Jersey: Princeton University Press,
    2000을 참조 바란다.
31 『伊波普猷全集』(第6卷), 平凡社, 1975, p. 142.

미하는 용어인 '미코토모치(ミコトモチ)'[32]는 바로 그 명령을 받드는 존재라는 뜻이다. '미코토모치'인 천황은 신의 명령을 받아 백성이 이삭을 경작하도록 한 뒤, 수확한 이삭을 수탈한다. 이처럼 이하는 천황이 상징하는 신적=정치적 권력을 착취의 근원으로 간주했으며, 자본주의를 이 같은 권력 관계의 연장선 위에서 발생했고, 발전해 온 시스템으로 보았다.[33] 반면에 '아마베'='아마미키요'가 섬기는 신은 수탈을 강제하지 않는다. 이하에게 있어 '천손'의 신이 '악'이라면 '아마베'의 신은 '선'을 상징하는 존재다. 앞서 언급한 '마키요'란 결국, 착취의 근원이 될 수 없는 '선한' 신과 그 신의 밑에서 실현되는, 절대적 평등이 담보된 순수무구한 공동체이다. 이야말로 이 글에서 이하 후유의 '정치 신학'이라 부르고자 하는 것의 내실이다.

---

32 역주: 미코토모치(ミコトモチ)는 천황의 말인 '미코토(御言)'를 '가지는 (持) 자'라는 한자어에서 유래한 용어이다. 구체적으로는 신의 뜻을 받들어 나랏일을 행하는 자를 의미한다. 이하 후유는 바로 이 미코토(御言)의 근원으로 거슬러 올라가 그 성질을 분석함으로써 '천손' 비판을 경유한 천황 비판, 더 나아가 '천손'에서 유래한 일본을 비판하고 있는 것이다.

33 이와 유사한 논의로서 James C. Scott, *Against the Grain: A Deep History of the Earliest States*, New Haven: Yale University Press, 2017을 참조해 주길 바란다.

4. 말소불가능한 것으로서의 '정치(la politique)'

이하의 '정치 신학'을 바꿔 말하면 '정치' 없는 공동체의 구축을 목표로 하는 것이라 할 수 있을 것이다. 이하가 절대적으로 중시하는 것은 침범되지 않은 조화, 어지럽혀지지 않은 질서와 안녕이다. 역사 속에서 '마키요'는 계속되지 못하고 붕괴되고 말았다. '마키요'의 외부에서 도래한 침입자, '천손'이 초래한 결과다. 본래 '마키요'의 내부에는 늘 그것을 붕괴시킬 불온한 씨앗이 존재해야만 한다. 늘 정반대 방향(vector)의 운동성을 가지는 '정치'는, 현행 질서에 균열을 내고 그것을 변혁할 것을 목표로 하기 때문이다. 하지만 이하는 '마키요'의 붕괴 원인을 '마키요'의 외부에서 찾았다. 왜 그는 '정치' 없는 공동체를 희구했던 것일까. 그것은 '정치'에 호소하지 않더라도 '평등'을 실현시킬 수 있는 세계가 영원히 지속되기를 희망했기 때문이다. 하지만 애초의 이하의 의도로 되돌아가 보면 그가 '일류동조론'을 구상한 것은 일본에 의해 부당하게 설정된 오키나와의 위치를 전복시키기 위함이었다. 즉, 이하는 그의 사상의 발단에 있어서는 '정치'를 개시하고자 했으나 결과적으로는 '정치'를 말소시키고 그 흔적마저 완전히 소거할 것을 요청했다. '마키요'를 이상화하는 낭만주의적 태도에 침잠함으로써 '정치'에 등을 돌린 것. 이것이 이하의 한계라 할 수 있을 것이다.

다만, '정치'를 소거하려는 이하의 의도는 실은 그 텍스

트 내부에 이미 균열의 씨앗을 품고 있었다. '이삭(稻)'이 바로 그것이다. 앞서 논했듯 '이삭'이란 '천손'이 받드는 신에 의해 공출되는 대상이다. 하지만 그와 동시에 '이삭'은 '마키요'에 의해 자라난 영적공물이기도 하다. 이하는 「남도(南道)의 벼농사 행사에 대하여(南島の稲作行事について)」[34]라는 제목이 붙은 짧은 글에서 '이삭'을 심고, 키우고, 수확하여 신에게 바치는 일련의 노동이 "유쾌한 예술적 실행"[35]이며 그러한 노동에 의해 영위되는 생활이야말로 "건전하고 아름답다"고 주장한다. 이하의 텍스트 속의 '이삭'에는 '천손'의 측면과 '아마베'의 측면, 즉 상반되는 두 성질이 동시에 부여되어 있다. 이하는 자신에게 불리하게 작용할 이 사실을 아마도 인식하고 있었을 것이다. 이 때문에 '이삭'의 '천손'적 측면을 발아시키지 않고 '아마베'의 측면만이 무럭무럭 자라도록, 고유의 '정치 신학'을 구축하려 한 것이다. '천손의 이삭'과 '아마베의 이삭'을 별개의 것으로 나눈 뒤, 전자에서 '악'을, 후자에서 '선'을 본 의도가 여기에 있다.

하지만 실질적으로 '이삭'은 둘일 수 없다. '선한 이삭'과 '악한 이삭'으로 나뉠 수 없는 것이다. '천손'의 측면과 '아마베'의 측면, 어느 쪽이 발아하느냐의 문제는 우연성으로 가

---

34 역주: 남도(南道)는 곧 오키나와를 뜻한다.
35 『伊波普猷全集』(第5卷), 平凡社, 1974, p. 249.

득하며, 상황에 따라 뜻대로 조작할 수 있는 성질의 것이 아니다. 이하는 '정치'를 소거함으로써 오키나와가 그 속에서 허우적대고 있는 문제적 구조를 근본으로부터 해체하고자 했다. 그것은 이하가 '정치'에 내포된 우연성을 두려워했기 때문이기도 하다. '정치'가 초래할 결과는 늘 미지수이며, 때문에 '정치'란 선/악으로 규정될 수 있는 것이 아닌, 지금의 질서를 '또 다른 질서'로 변용시킬 계기에 지나지 않아서다. 지금의 질서가 바뀌어 갈 방향은 '정치'를 표출시키고자 하는 자들의 욕망에 의해 결정된다. 이 때문에 '주체'란, 그와 같은 욕망을 작동시키려 할 때 비로소 드러난다. 중요한 것은 '정치'를 소거하는 것이 아니라 그것을 놓치지 않는 것이다.

사키하마 사나(崎濱紗奈)
1988년 오키나와 나하(那覇) 출생. 도쿄대 대학원 종합문화연구과 박사(학술). 동 대학 동양문화연구소·동아시아 예문서원(藝文書院) 특임연구원. 현재의 주된 관심은 식민지 및 변경에서의 '정치'와 '주체'의 문제, 포스트콜로니얼 이론. 논문으로는 「'오키나와'라는 위상: 아라카와 아키라 「이족(異族)」론의 사정거리」 (2014), 「제3차 안보투쟁 아래서의 오키나와 기지 문제: SEALDs로부터 생각한다」(2015년 중국어 공저 논문) 등이 있음.

김경채(金景彩)
동경대 총합문화연구과 박사과정. 무사시대, 조치대, 가쿠슈인대, 시라유리여자대 비상근강사. 표상문화론, 근현대 한국문학/사상사 전공

Ⅱ 비판-비평

유사성의 함정과 연대의 가능성
-한국에서 오키나와를 묻다

곽형덕

가오나시 에피소드로부터

얼마 전 스튜디오지브리의 프로듀서인 스즈키 도시오(鈴木
敏夫)가 진행하는 라디오 프로그램 '지브리 땀투성이(ジブリ
汗まみれ)'(TOKYO FM 80.0 팟캐스트, 2021. 3. 28.)에서 뜻밖의
해석을 들었다. 불가리아 소피아대학의 일본학과 학생 한 명
이 지브리 애니메이션 중에서 일본과 세계에서 반향이 달랐
던 작품이 있냐고 스즈키에게 묻고 그에 답하는 시간이었다.
스즈키는 〈센과 치히로의 행방불명〉(2001) 시사회를 열면 일
본에서는 가오나시(カオナシ, No Face)의 행동을 보며 관객들
이 눈물을 흘렸지만, 타이베이 시사회 당시 관객들이 포복절
도를 해서 놀랐다는 에피소드를 소개했다. 그의 이야기에 뒤
통수를 한 대 맞은 것 같은 느낌이 들었다. 그것은 가오나시

를 둘러싼 일본과 타이완의 정반대의 반응보다는 내 자신의 둔감함 때문이었다. 〈센과 치히로의 행방불명〉을 '일본 애니메이션의 이해'라는 학과 강의에서도 자주 다뤘지만 가오나시에 투영된 '일본적인 것'을 깊이 있게 생각해 본 적은 없었다. 한국과 일본이 유사하다는 착각은 '가오나시=일본인의 슬픈 자화상'이라는 인식을 저해한 가장 큰 원인이다. 가오나시를 공동체의 규범에서 어긋난 자/쫓겨난 자로 "주체성도 없고, 존재할 곳도 없으며, 누군가의 말을 주워서만 발화하며, 금품을 주는 것 외에는 타인과 대화를 할 줄 모르는" (https://dic.pixiv.net/a/カオナシ) 캐릭터 정도로 이해했던 것이다. 다시 말하자면, 가오나시를 고도성장기 일본에 빗대어 신자유주의를 비판한 캐릭터로 파악했을 뿐으로, 그러한 캐릭터를 보며 눈물을 흘리는 일본인의 집단 감정까지는 미처 간파하지 못했다. 타이완 사람들에게 가오나시는 타자이며 웃긴 행동을 하는 괴이한 캐릭터였지만, 일본인에게는 나나시(名無し, 이름 없음) 상태로 좋든 싫든 공동체의 규범에 단단히 매여 살아가는 자신들의 슬픈 자화상이었던 것이다.

일본학을 업으로 삼고 있음에도 피할 수 없었던 이 둔감함은 유사성의 함정에서 비롯됐다고 할 수 있다. 완전히 다른 사회/문화 체제라고 생각했다면 놓치지 않을 세부는 기시감과 익숙함으로 인해 간과되기 십상이다. 이는 일본어 학습에도 적용된다. 한국인은 비슷한 어문 구조에 힘입어 일본어를 가장 빨리 습득하지만 고급으로 가면 갈수록 고전한다. 이미 알고 있다고 생각하기에 세세하게 공들이지 않고 넘어간 부분이 점차 균열을 일으키기 때문이다. 대상과의 "유사성을 강조하다 보면 차이와 어긋남을 누락하기 십상"(졸고, 「한국에서 오키나와를 본다」, 『녹색평론』 157, 2017. 11-12)이며, 이는 대상에 관한 깊이 있는 이해를 저해한다. 이러한 유사성에 의한 착시는 일본 연구보다도 오키나와 연구에서 일어날 가능성이 크다. 한국과의 차이보다는 유사성이 훨씬 더 강조되는 오키나와와 관련된 언설은 그런 의미에서 면밀히 고찰될 필요가 있다. 특히 근대 이후 오키나와와 한반도가 제국주의 침탈의 역사를 공유하고 있음을 근거로 해서 오키나와를 일본에서 떼어내 한국과 같은 카테고리로 묶어내려는 시도는 냉전과 군사기지라는 관점, 제3세계라는 관점에서는 타당성을 지니지만, 오키나와의 역사적 질곡과 복잡다단한 현실을 간과할 위험성을 지니고 있기 때문이다. 이는 오키나와문학 연구 상황에도 적용된다.

오키나와문학의 독자성

한국에서 오키나와문학이 본격적으로 번역되기 시작한 것은 2010년대 중반 이후이다. 이제 선집으로는 『오키나와 현대소설선: 신의 섬』(2016), 『오키나와문학의 이해』(2017), 『현대 오키나와의 이해』(2018), 『오키나와문학 선집』(2020)이, 개별 작가로는 오시로 다쓰히로(大城立裕), 마타요시 에이키 (又吉栄喜), 오시로 사다토시(大城貞俊), 사키야마 다미(崎山 多美), 메도루마 슌(目取真俊) 등의 작품집이 십여 권 넘게 나 와 있다. 그런 흐름 속에서 『오키나와를 읽다』(조정민, 2017), 『전후 오키나와문학을 사유하는 방법』(손지연, 2020)과 같은 오키나와문학 연구서 또한 출간됐다. 오키나와문학의 이해 를 위한 기초적인 토대가 최근 몇 년 사이에 빠르게 갖춰진 것을 알 수 있다. 그 과정에서 한 가지 두드러지는 것은 오키 나와문학을 일본문학의 자장이 아니라 탈식민주의, 동아시 아문학, 제3세계문학, 비서구세계문학, 일본어문학으로 해 석하고자 하는 지향성이다. 이는 "일본어 문학은 일본어 문 학이지만 일본문학이라고 할 수 없는 독자적인 특징"(『오키 나와문학의 이해』)을 지니며, "오키나와문학이 결코 일본 문 학의 하나가 아니고 독자적인 문학"(『현대 오키나와문학의 이 해』)이며, "일본학(日本學)의 하위범주로서의 오키나와학이 아니라, 오키나와학으로서의 독자적 성격"(이명원, 「번역을 통 한 경계넘기」, 『대학지성 In&Out』, 2020. 4. 26.)을 지닌다는 독 자성을 근거로 한 해석에 단적으로 드러난다. 나 또한 한국 과 오키나와의 역사적 경험이 지니는 유사함에 집중해 오키 나와문학을 연대의 관점에서 해석해 왔기에, 위와 같은 해 석이 오류임을 지적하는 것이 이 글의 목적은 아니다. 오키나와문학이 일본문학의 하위 요소가 아니라 일본어문학으로서 독자성을 지닌다는 주장은 부정되어야 할 명제라기보다는 궁극적으로 규명돼야 할 지점이기 때문이다. 다만 그에 이르기 위해서는 유사해 보이지만 실상은 다른 기반 위에 있는 한국과 오키나와의 역사와 문화를 보다 객관적인 시각에서 볼 필요가 있다. 유사성에 집중하다 보면 미세한 차이와 어긋남을 놓치게 돼 '가오나시의 슬픔'을 간파하지 못했던 둔감함에 빠지기 쉽다. 웃음과 울음은 대상의 행동을 인식하는 '나'에게 달려 있기 때문이다.

한편 한국에서 이뤄지고 있는 오키나와문학 연구는 근대문학보다는 현대문학에 더 초점이 맞춰져 있는 것이 특징이다. 번역돼 나온 작품도 오키나와의 일본 복귀 이후의 작품이 대부분이다. 물론 선집류에서 일본 제국주의 시기와 전후 직후의 작품도 일부 포함하고 있지만 그 중요성에 비해 해당 시기 작품의 번역과 연구는 미진한 것이 사실이다. 그중에서도 일본 제국주의 시기의 오키나와문학도 그렇지만, 전후 직후부터 오키나와의 일본 복귀(1972)까지의 텍스트를 번역/연구하는 것은 필수적이다. "오키나와문학이 결코 일본 문학의 하나가 아니고 독자적인 문학"이라는 것을 뒷받침하고 제대로 연구/해석하기 위해서는 오키나와 전후문학의 시작 지점이라고 할 수 있는 1945년 전후(前後)에 관한 이해는 빼놓을 수 없다. 하지만 지난해에 타계한 오시로 다쓰히로를 제외하면 이 시기의 작가보다는 일본 복귀 이후 등장한 마타요시 에이키, 오시로 사다토시, 사키야마 다미, 메도루마 슌 등의 작품의 번역과 연구가 압도적으로 많다. 동시대의 교류와 문학적 연대를 생각해 보면 이는 자연스러운 흐름이라고 할 수 있지만, 연구의 균형을 생각한다면 이러한 편향은 '유사성의 착시'에 빠질 위험을 내포하고 있다고 말하지 않을 수 없다. 더구나 번역된 많은 작품—내가 한 번역도 마찬가지다—이 한국과 오키나와의 역사적 친연성을 바탕으로 하고 있음도 지적하지 않을 수 없다. 하지만 1945~1972년 사이의 오키나와의 현실을 다룬 작품은 큰 틀에서는 동아시아 냉전/열전의 대립 속에서 창출된 것이지만, 한국과 오키나와가 유사함 속에서도 얼마나 다른 역사적 조건 속에 있었는지를 보여준다. 특히 해방/전후 이후부터 한일협정과 오키나와의 일본 복귀가 이뤄지는 1970년 즈음까지를 보면 한국과 오키나와의 역사적 화두와 쟁투가 상이함을 확인할 수 있다. 그렇기에 한국과 오키나와의 역사와 문학이 유사하다는 결론에 이르기 위해서는 '차이와 어긋남'에서 시작해 '연대의 가능성'을 모색하는 외국학으로서 오키나와 연구를 정립할 필요가 있다.

그런 의미에서 "오키나와문학은 일본문학이 아니다"라고 통용되는 한국에서의 오키나와문학 수용의 방식도 재고찰될 필요가 있다. 한국과의 유사성이 강조되면 될수록 일본과의 차이가 부각되는 것은 대상에 관한 인식의 불균형 상태를 초래할 수 있기 때문이다. 이러한 규정은 지역 문학의 귀속을 정하는 차원이라기보다는 오키나와문학을 한국에서 수용하는 과정에서 내려진 정의이기는 하지만 '오키나와문학≠일본문학'이라는 도식은 일본/일본어와 복잡한 관련을 쉽게 뛰어넘어 버리기 쉽다는 점에서 재고될 여지가 있다. 이와 유사한 예로는 재일조선인문학의 귀속을 놓고 90년대 이후 한국 학계에서 벌어진 지난한 논쟁이 있다. 재일동포문학, 재일한인문학, 재일한국인문학 등의 용어는 재일조선인문학이 비록 일본어로 창작됐지만 일본문학이 아니고 한국/한국인/한반도의 문학에 속한다는 수용 초기의 해석을 반영한다. 이러한 해석은 대한민국의 역사/문화/문학의 범위 안에서 재일조선인문학을 재일동포문학, 재일한국인문학이라는 용어 안에 가두게 되며 일본의 이문화(異文化) 및 이언어(異言語)와 교섭/갈등/쟁투하며 체화된 문학의 열린 해석을 저해한다는 이유로 최근에는 학술 용어로 널리 쓰이고 있지 않다. 물론 같은 민족인 재일조선인과 오키나와인을 동일 선상에서 논할 수는 없지만 마이너리티문학을 일본어문학, 탈식민주의, 동아시아문학, 제3세계문학, 비서구세계문학의 지평으로 확장시켜 나가려는 해석의 동력은 유사하다.

오키나와문학이든 재일조선인문학이든 일본의 정치 사

회 문화와 교섭/갈등하며 일본어로 쓰인 만큼 일본과 깨끗이 잘라내서 보는 것은 현실적이지 않다. 오키나와문학 ≠일본문학이라는 도식은 실제적 차원이라기보다는 언설의 레토릭이라 할 수 있지만, 그러한 수사를 가능케 하는 것은 일본문학≠'동아시아문학, 제3세계문학, 비서구 세계문학', 일본문학=폐쇄적 (일본)국민문학이라는 등식에 의해 지탱된다. 하지만 패전 직후부터 1970년대까지 맹렬한 기세로 전개됐던 아시아·아프리카 작가회의(Afro-Asian Writers' Association) 활동이나, 원폭문학 등을 보면 일본문학이 스스로의 폐쇄성을 지양하고 '동아시아문학, 제3세계문학, 비서구 세계문학'을 지향했다는 점에서 오키나와문학≠일본문학이라는 도식은 오키나와문학의 독자성만을 강조하기 위한 무리한 해석이라 하지 않을 수 없다. 일본문학은 오키나와문학의 적(敵)이 아니기 때문이다. 오키나와문학의 독자성과 세계문학으로의 성격을 규명하는 작업은 존립의 기반을 명확히 밝히는 것에서부터 시작되어야 할 것이다.

시모타 세이지의 『오키나와섬』(1957)

오키나와 북부 나키진(今帰仁) 출신의 시모타 세이지(霜多正次)는 전후 오키나와문학을 이야기할 때 빼놓을 수 없는 작가지만, 일본 전후문학과 전후 오키나와문학 양쪽에 속해 있었기에 어느 쪽에서도 적극적으로 조명받지 못하고 있다. 특히 시모타는 전전에는 김사량과 교류했으며, 전후에는 일본공산당의 일원으로 1962년에는 김달수 등과 함께 동인지 『문학예술』을 창간하고 함께 활동하는 등 한반도 출신의 작가와도 관련이 깊다. 이력도 중요하지만 그가 샌프란시스코 강화조약 체결에 위기의식을 느껴 쓴 『오키나와섬』(1957)은 역사의 격랑 속에서 우치난추(오키나와인/민족)의 복잡다단한 속내를 들여다볼 수 있는 텍스트이다. '해방' 이후 남북분단과 한국전쟁으로 나아갔던 한반도와, 오키나와전 이후 잠시도 '해방'이라는 수사를 붙일 수 없이 미군 점령하에서 고육지책으로 구 제국으로 되돌아가고자 했던 오키나와의 상황이 얼마나 다른 층위에 있었는지를 알 수 있다. 이 소설은 오키나와전에 참전했던 일본군 상등병(上等兵) 출신의 야마시로 세이키치(山城清吉), 중학교에서 역사를 가르쳤던 다이라 마쓰스케(平良松介), 그리고 사회의 하층을 전전하다 미군정하에서 입신출세를 달성한 운텐 에이토쿠(運天栄徳), 이렇게 세 명을 시점인물로 해서 오키나와전 이후부터 1950년대 중반까지의 오키나와 사회를 심층적으로 분석한다. 이들 중 야마시로와 다이라는 일본공산당이 일본의 패전 이후 그랬던 것처럼 처음에는 미국을 '해방군'으로 인식했지만 미군의 폭력과 부조리를 목도하며 '반미(反美) 복귀파'로 노선을 변경한다. 이에 비해 운텐은 일관되게 일본으로의 복귀를 거부하고 미국의 만들어 놓은 새로운 세상 속에서 '평화'롭게 살기 위해 '친미(親美) 반복귀파'의 길로 나아간다. 『오키나와섬』은 일본의 패전 이후 역사의 행로가 깊은 안개에 휩싸인 상황 속에서 친미와 반미, 복귀와 반복귀를 둘러싼 오키나와 민중의 복잡한 속내를 드러내며, 1950년대 오키나와인들의 일본과 미국에 관한 인식이 한국과는 다른 지층에 있었음을 보여준다.

방대한 오키나와 소설 중에서 『오키나와섬』을 분석하는 이유는 한국인이 오키나와를 연구/비평할 때 유사성 속의 차이를 깨닫게 해주는 작품이기 때문이다. 특히 오키나와가 근대 이전부터 양속체제(兩屬體制)하에 있었고, 오키나와전 이후에는 새로운 양속체제하에 놓여 있음은 간과할 수 없는 큰 틀이다. 일본의 패전 이후 전개된 신(新) 양속체제는 샌프란시스코강화조약 당시 일본 정부의 강력한 요청으로 오키나와에 남겨진 일본의 '잔존주권(residual sovereignty)'에 의해 1972년까지 이어졌고, 그것이 청산되리라는 오키나와인들의 기대는 '일본 복귀' 이후에도 미군기지가 오키나와 각지에 공고히 자리 잡으면서 오늘에 이르고 있다. 이처럼 근대 이전의 사쓰마번(에도막부)-오키나와-명/청, 오키나와전 이후의 미국-오키나와-일본이라는 양속체제/신양속체제는 일대일의 지배와 피지배를 말할 수 없게 하는 요인인 동시에 이 시기 한국과 오키나와를 동일선상에서 논하기 힘들게

Ⅱ 비판-비평

만든다. 오키나와 제도(諸島) 자체가 강대국에 의해 분할 점령됐음은 사안을 더욱 복잡하게 만든다. 그중에서도 아마미(奄美) 군도(群島)는 전근대 시기부터 샌프란시스코강화조약체결 때까지 류큐왕국/오키나와의 일부였다가 일본 본토의일부로 편입을 반복했다. 이는 단순히 지리적인 영토의 분할만이 아니라 아마미와 오키나와 사이의 뿌리 깊은 상호 차별을 낳았다. 아마미 사람들은 전근대 시기에는 류큐왕국을동경했지만, 류큐처분 이후에는 가고시마현에 속해 오키나와를 향해 우월감을 노골적으로 드러냈다. 이는 일본이 패전한 이후 아마미가 오키나와와 마찬가지로 미군의 신탁통치를 받다가 샌프란시스코강화조약으로 1953년 12월에 일본본토로 복귀할 때까지도 반복됐다.

오키나와 제도를 둘러싼 복잡한 상황은 일본의 패전 이후 과거의 사건이 시기에 따라서 일본 혹은 미국에 유리하게작용하는 요인으로 작용하게 하는 원인이었다. 시계를 류큐처분 즈음과 샌프란시스코 강화조약을 전후로 한 오키나와민중의 일본 인식으로 돌려보자. 우선 류큐처분(1879) 즈음의 류큐왕국에 관해『오키나와전』은 다음과 같은 계층 간의대립구도를 상정한다. 류큐처분을 류큐왕국의 왕족과 지배계급(중국에서 귀화한 계층)은 반대했지만 일반 민중은 이를환영했다는 내용이다. 이 소설은 류큐처분 당시 일반 민중이류큐왕국보다는 신생 메이지 정부에 속하는 것을 더 환영했다고 하면서 이를 복귀론의 근거로 삼는다. 이와는 반대로 미군은 일본공산당이 보낸 「오키나와민족 독립 축하 메시지」를 근거로 해서 오키나와 민중을 "억압받는 소수민족"으로 규정해 '류큐인'은 일본인이 아님을 강조해서 오키나와를 본토로부터 완전히 떼어내려 한다. 이 시기 강화되는 류큐/류큐인 표상은 우치난추의 독립이나 자기결정권을 상징한다기보다는 일본과 오키나와를 분리해 내기 위해 고안된 아이덴티티였다. 그렇기에 이 시기에 우치난추 측에서 발화되는 '조국으로서의 일본'은 과거의 일본 제국주의를 긍정하는 언설이라기보다는 미국의 강력한 힘으로부터 벗어나고자 하는 고육지책이었다. 따라서 복잡한 맥락 속에 있는 오키나와의 역사적 사건은 시기에 따라 신중히 해석할 필요가 있다. 시모타 세이지의 『오키나와섬』은 미군을 해방군에서 점령군으로 인식하기 시작한 1950년대 초반 오키나와 민중의 과거의 일본 제국주의와 현재의 일본을 향한 복잡한 인식을 보여준다. 오키나와인들에게 일본은 변수가 아니라 상수였다. 그렇기에 그로부터 자기결정권을 회복하기 위한 지난한 투쟁도 지속되는 것이며, 오키나와문학은 그러한 일본/일본어를 상대화하고 내파하려는 쟁투를 이어가고 있다.

일본어문학의 가능성

오키나와문학과 재일조선인문학은 많은 접점에도 불구하고 그동안 함께 검토됐다기보다는 개별적으로 다뤄져 왔다. 이들 작가에게 일본어는 자명한 언어가 아니라 민족어가 유폐된 그곳에서 고통스럽게 쓸 수밖에 없는 언어였다. 물론 김사량이 "감각이나 감정, 내용은 언어와 결부된 후에 처음으로 가슴속에 떠오르게 된다."(「조선문화통신」, 『現地報告』, 1940. 9.)고 일찍이 밝혔던 것처럼, 일본어는 수단으로서만 존재할 수 없었다. 일본문학과의 관련 속에서 일본어문학을 누구보다 예리하게 파고든 것은 재일조선인문학자 김석범이었다. 김석범은 『언어의 주박-'재일조선인문학'과 일본어(ことばの呪縛-「在日朝鮮人文学」と日本語)』(筑摩書房 1971)에서 관행처럼 퍼져 있는 일본문학의 하위문학으로서의 재일조선인문학을 거부하고 일본어문학으로서의 재일조선인문학을 정립하려 했다. 특히 김석범은 일본어로 쓴다는 것의 역사성을 '일본어의 주박(呪縛)'이라 명명하며 일본어의 주술(呪術)과 속박을 전제로 해서 그것을 넘어서려 한다.

우리가 일본어로 '창작'을 하는 것은 일본인 작가의 경우와는 어떤 의미에서는 다르다고 생각한다. 그 차이는 같은 언어가 지니는 약속하에서 작업을 할 때 나타나는 개성의 차이라던가, 방법이나 수법과는 다른 작가의 개별성의 범위를

넘어서는 어떠한 차이를 의미한다. 한마디로 말해서 재일조선인 작가의 특수성이라고 해야 할 성질이 지니는 차이라 해도 좋다. 그것은 일본어로 쓰는 것 이상으로 그 언어가 지니는 메커니즘의 지배하에서 조선인으로서의 존재를 도외시하는 것이 아니라, 틀림없이 조선인이라고 하는 자기 확신에 의해서만, 그 작품이 성립할 근거가 없는가라는 물음과 이어진다. (중략) 전체로서의 일본(어)문학에 관여하는 가운데 어떠한 차이의 근거를 확인하고 그것을 더욱 발전시켜야 함은 우리에게도 일본(어)문학에도 필요한 것이라 생각한다.(『ことばの呪縛』, 66-67쪽, 번역 곽형덕)

김석범이 정립하려 했던 일본어문학은 그런 의미에서 "제국 언어로서의 침략, 지배, 동화의 수단"(金石範,「日本語文学と歴史性」,『跨境/日本語日本文学研究』第2号, 亦樂, 2015. 6., 5쪽)으로서 일본어의 역사성을 내핵으로 지닌 것이다. 이는 재일조선인문학만이 아니라 오키나와문학에도 그대로 적용된다. 김석범은 일본어로 창작된 재일조선인문학을 바로 비(非)일본문학이나 비서구 세계문학, 제3세계문학으로 도약시키는 것이 아니라, 일본어로 쓰였다는 존립의 기반을 철저히 파헤친 후에 그로부터의 극복과 가능성을 이야기한다. 한국에서 오키나와문학을 연구/비평할 때도 마찬가지로 철저히 규명하고 넘어서야 하는 지점이다. 오키나와문학이 일본어와 벌인 "혈전시대(血戰時代)"(요코미쓰 리이치)는 오키나와문학의 역사성은 물론이고 그동안 도외시됐던 재일조선인문학과의 공통점을 밝히는 작업으로 자연스레 이어질 것이다. 하지만 제국 언어와 '혈전시대'를 벌인 재일조선인문학과 오키나와문학 사이에는 커다란 간극 또한 존재한다. 이는 김석범이 "망국과 유랑의 민(民), 디아스포라로서의 재일조선인의 존재로부터 나온 것이 재일조선인문학"(「日本語文学と歷史性」)이라는 정의에도 드러난다. 오키나와문학은 디아스포라로서의 오키나와인이라는 존재에서 나왔다기보다는 강대국에 의한 존재의 구속과 억압, 양속 상태로 인한 자기 결정권의 침해로부터 창출됐다.

문학평론가 다카하시 도시오(高橋敏夫)는 "한국을 포함한 아시아 지역은 차별과 분단과 분쟁이 비등한 장소이기에 가장 참혹한 현실을 살지 않으면 안 된다. 하지만 이는 동시에 그러한 현실을 바꿀 수 있는 풍부한 가능성을 내장하고 있음을 말해준다"(졸역, 「'세계문학'으로서의 아시아문학」, 『아무도 들려주지 않았던 일본현대문학』, 글누림, 2014)라고 썼다. "한국을 포함한 아시아 지역"을 오키나와로 치환해서 읽으면, 오키나와문학이 일본문학과 변별되는 지점은 더욱 명확해진다. 근대 이후 끔찍한 폭력이 반복되는 가운데, 당장은 불가능해 보이는 상상된 '조국'의 자립과 독립/통일을 꿈꾸는 오키나와문학과 재일조선인문학을 함께 봐야 하는 이유이기도 하다. 또한 이들 문학은 자기 중심을 확고히 하려는 일본문학과의 쟁투/협력 속에서 창출됐던 만큼 이를 규명하는 작업도 병행돼야 한다. 오키나와문학과 재일조선인문학은 국민국가의 구심력을 흐트러뜨리는 원심력으로 작용하며 일본어문학의 가능성을 열어나갔기 때문이다.

한국에서 이뤄지고 있는 오키나와문학 연구와 번역은 이제 초기 수용 단계를 넘어서 심화된 상호 이해와 연대로 나아가고 있다. 한국과 오키나와가 거쳐 온 "'식민지' 상태라는 역사적 유사성을 민중적 저항"(졸고 「한국에서 오키나와를 본다」)에서 살펴보면 두 지역은 어긋남과 차이보다는 유사성이 훨씬 크다. 하지만 국민국가(한국)와 신(新) 양속체제 하에 있으며 일본이라는 국민국가에 속한 '지역'(오키나와)의 문제는 보다 면밀한 비교가 요구된다. 한국전쟁이 오키나와의 군사적 예속 상태를 강화하는 결과로 이어졌던 것처럼, 향후 민주 세력이 후퇴하고 수구세력이 재집권해 '쿼드 플러스'에 들어가 신냉전 구조의 한 축을 담당하게 된다면 군사기지의 섬 오키나와의 긴장과 재무장은 더욱 가속화될 수밖에 없기 때문이다. 그렇기에 한국과 오키나와 민중의 역사가 유사한 구조 속에 있다 하더라도 국가 레벨에서는 엄연히 다른 역학 관계 속에 있다고 할 수 있다. 국가와 민중 차원의 차이와 연대를 뒤섞어서 볼 수 없는 이유다. 메도루마 슌이 강조하고 있는 것처럼 오키나와는 일본-오키나와, 한국-

오키나와 등의 1:1 관계항이 아닌 "오키나와-북한-중국-미국-일본"과의 관계 속에서 고찰돼야 한다. 초기 수용 단계에서 심화 단계로 이행하고 있는 오키나와(문학) 연구가 연대의 가능성을 적극적으로 모색하면서도, 한국과 오키나와가 각기 다른 기반 위에 있음을 명확히 인식하는 '외국학으로서의 오키나와 연구'로 나아가야 하는 이유라 하겠다.

곽형덕
명지대학교 일어일문학과 교수. 일본 근현대문학 연구자 및 번역가로 국민국가 중심의 일본문학을 '지금 여기'의 시각에서 일본어문학으로 새롭게 읽어내는 작업을 하고 있다.

메도루마 슌(目取真俊)과 대항으로서의 문학

심정명

현재 코로나바이러스 감염 예방과 관련하여 '만연 방지 등 중점 조치'의 적용을 받고 있는 오키나와현 나고(名護)시의 헤노코(辺野古)에는 지금 이 순간에도 카누를 타고 바다에 나가 있는 사람들이 있다. 아, 여기서 '만연 방지 등 중점 조치'란 신종 인플루엔자 등 대책 특별 조치법 개정안에 따라 감염증의 전국적이고 급속한 전파를 막기 위해 총리가 발령할 수 있는 긴급 사태 선언(스테이지4에 해당)에 더해, 그보다 낮은 스테이지3 수준에서 특정 지역에서 집중적으로 감염을 막아 전국적인 전파를 방지하기 위해 신설된 제도이다. 총리가 발령하는 것은 마찬가지지만, 도도부현(都道府県)을 대상으로 하는 긴급사태 선언과 달리 도도부현의 지사가 지정하는 특정한 구역을 대상으로 한다. 긴급사태와 중점 조치의 구분을 어떻게 할 것인지에 관해서도 논란이 있는 것은 여기서는 차치하자. 중요한 것은 지역사회에서 코로나19가 퍼지고 있다는 우려에도 불구하고 이른 아침부터 꼬박꼬박 바다에 나가서 도시락을 먹으며 오후까지 야외활동(?)을 하는 사람들이 있다는 것이다.

널리 알려져 있듯 국토 면적의 0.6%밖에 되지 않는 오키나와현에는 일본 전체의 약 70%에 달하는 미군 전용시설이 집중되어 있고, 현 인구의 90% 이상이 거주하는 오키나와섬의 15%가량을 미군 전용시설이 차지하고 있다. 그중에서도 오키나와섬 북부 기노완(宜野湾)시 중심부에 위치한 후텐마(普天間) 비행장의 경우 1945년 미군이 비행장을 건설한 뒤로 지금까지 인근 주민들이 사고의 위험과 소음 등으로 고통을 겪어 왔다. 미군이 일으키는 흉악한 범죄도 끊이지 않았는데, 특히 1995년 9월 4일 미군 병사 세 명이 당시 12살이던 여자아이를 납치해 강간한 사건은 애초에 미군이 범인 인도를 거부하기도 해서 오키나와의 기지 반대 여론을 폭발시켰다. 그해 10월 21일에 기노완시에서 열린 '미 군인의 소녀 폭행 사건을 규탄하고 미일 지위 협정의 재검토를 요구하는 오키나와 현민 총궐기 대회'에서는 주민 약 8만 5천여 명이 모이기도 했다. 미국과 일본 정부는 이러한 외침에 대응하여 '오키나와의 시설 및 구역에 관한 특별 행동 위원회(SACO=The Special Action Committee On Okinawa)'를 설립한다. 이 SACO 협의를 바탕으로 1996년 4월 12일에 당시 일본의 하시모토(橋本龍太郎) 총리와 먼데일(Walter Mondale) 주일미국대사가 공동 기자회견에서 향후 5~7년 내에 후텐마 비행장을 포함한 기지를 전면 반환하겠다고 발표하였다.

지난 4월 12일은 이렇게 후텐마 기지의 반환을 합의한 지 딱 25년째 되는 날이었다. 그 사이 후텐마 기지는 여전히 운용되고 있고, 오키나와에 있는 미군 기지의 축소와 정리를 표방한 이 합의는 사실상 노후한 기지를 없애고 새로운 기지를 건설하려는 움직임으로 현실화되었다. 1996년 12월 2일에 발표된 SACO 최종보고서에 이미 후텐마 비행장의 기능을 오키나와섬의 동해안에 있는 해상 시설로 이전하며 "충분한 대체시설이 완성되어 운용이 가능해진 뒤 후텐마 비행장을 반환한다"라고 명시되어 있는 것은 이러한 계획이 당초부터 있었음을 보여주는 근거 중 하나일 것이다.[1] 2009년 당시의 하토야마(鳩山由紀夫) 민주당 대표는 후텐마 기지를 "적어도 현 바깥"으로 이설하기 위해 애쓰겠다고 약속했지만, 결과적으로는 국외나 현 바깥으로의 이설은 단념하고 헤노코 신기지 건설로 가닥을 잡게 되었다. 주민들의 반대에도 불구하고 2013년에 나카이마(仲井眞弘多) 오키나와현 지

---

1   나고시 홈페이지 이설 문제 동향(연표)에 첨부된 'SACO 최종보고' 참조. http://www.city.nago.okinawa.jp/kurashi/2018071900226/(2021. 4. 25. 최종 확인)

사가 헤노코 매립을 승인함으로써 신기지 건설은 본격적으로 시작된다. 2015년에 당시 오키나와현 지사이던 고 오나가 다케시(翁長雄志)가 공유수면 매립 승인 취소 결정을 내리자 오키나와 방위국은 이를 무효화하기 위해 국토교통성에 심사 청구를 하는 동시에 집행 정지 신청을 한다. 국토교통성의 대집행 결정에 대해 현 측이 소송을 제기한 것을 비롯해 오키나와현과 정부 사이에서 이후 몇 차례의 법률 싸움이 이어지는 가운데 헤노코에서는 이미 상당 부분 매립 공사가 진행되고 있는 중이다. 후텐마 기지의 고착화를 막기 위해서는 헤노코 신기지 건설만이 가능한 방안인 것처럼 이야기되기도 하지만, 신기지가 건설되어 제공 절차가 완료되기까지 약 12년이 걸린다는 것만 감안하더라도 다마키 데니(玉城デニー) 오키나와현 지사가 단언하듯 헤노코 신기지는 후텐마 비행장의 위험성 제거로는 이어지지 않는 것은 물론이고[2], 내용연수가 200년에 달하며 자위대의 상주도 가능한 신기지를 건설함으로써 오키나와의 기지화는 더욱더 고착될 것이다.

---

2   https://www.pref.okinawa.lg.jp/site/chijiko/henoko/(2021. 4. 25. 최종 확인)

이제 처음으로 돌아가서, 사람들이 카누를 타고 헤노코의 바다로 나가는 이유는 바로 이 신기지 건설에 항의하는 활동을 하기 위해서다. 그리고 여름에는 열사병의 위험과 싸우고 겨울에는 추운 오키나와의 바다에 떨면서 몇 년 동안 싸우는 사람들 중 하나로 메도루마 슌이 있다. 메도루마는 1960년에 오키나와섬 북부 나키진손(今帰仁村)에서 태어난 소설가로, 1997년에 「물방울(水滴)」로 제117회 아쿠타가와상을 수상한 오키나와 문학자이다. 2014년 여름부터 헤노코에 가기 시작한 그는 자신의 블로그[3]에 기지 공사의 진행 상황이 어떤지, 그리고 거기에 어떻게 항의하고 있는지를 꼬박꼬박 기록한다. 소설을 집필할 시간적 여유도 없을 만큼, 아니, 그전에 "한 번밖에 없는 인생의 적지 않은 시간을 써서"[4] 다카에(高江)나 헤노코 등에서 기지에 반대하는 활동을 하고 매년 평화행진에도 참가해 왔다. 아침 6시에 일어나서 헤노코로 간 다음 하루 몇 시간씩 카누를 타고 저녁에 집으로 돌아오면 현장에서 촬영한 사진과 동영상을 정리해 블로그에 올린 다음 새벽 1시나 2시에 잠이 드는 생활을 하면서 메도루마는 언젠가 이렇게 썼다.

---

3   https://blog.goo.ne.jp/awamori777

4   目取真俊, 「平和なき島で続く島で続く5・15平和行進」, 『ヤンバルの深き森と海より』, 影書房, 2020, 159쪽.

카누에서는 졸 수 없기 때문에 피곤할 때는 돌아가는 도중에 차를 세우고 옅은 잠을 자기도 한다. 이런 생활을 하고 있으면 책 읽는 것도 마음대로 안 되고 원고를 쓸 시간도 없다. 하는 수 없어서 카누를 쉬거나 기상 조건이 나빠서 바다에 나갈 수 없을 때를 이용해서 쓰는 시간을 확보하고 있다. / 인간에게 주어진 시간은 한정돼 있으니까 항의 행동에 참가하는 것을 그만두고 혹은 참가를 대폭 줄여서 소설 쓰는 데에 집중해야 한다고 생각하면서도 그러지 못하고 여기까지 왔다. 아마 이렇게 버둥거리다 보면 어딘가에서 체력이 떨어져서 뒈질 것이다.[5]

소설을 쓸 시간도 못 내다가 언젠가는 체력이 떨어지는 날이 올지도 모른다고 덤덤하게 쓴 뒤에도 그가 여전히 많은 시간을 헤노코의 활동에 할애하고 있는 이유는 바로 그렇게 하는 것만이 이 순간에 진행되고 있는 신기지 건설을 실제로 막을 수 있는 가장 좋은 방법이라고 생각하기 때문일 것이다. 그런데 실은, 그가 쓰는 문학은 한편으로 오키나와의 현재에 문학이 어떠한 방식으로 개입하며 전쟁과 폭력에 저항할 수 있는지를 묻는 것이기도 했다. 메도루마의

---

5   目取真俊, 「真夏の辺野古の海で」, 위의 책, 400쪽.

많은 소설 작품은 오키나와 전투와 관련된 기억을 바탕으로 하며, 종종 그러한 기억이 소설이 진행되는 현재와 만나는 순간을 그려낸다. 2009년에 간행된 『기억의 숲(眼の奥の森)』 같은 작품이 대표적으로 보여주듯 전쟁의 기억은 이야기됨으로써 그것을 경험하지 않은 사람에게도 전해지는데, 이때 폭력과 고통의 기억은 마치 자신의 경험처럼 신체에 직접적으로 다가오는 것으로서 감촉된다. 그리고 이렇듯 오키나와와 관련된 기억을 과거에 있었던 남의 일이 아니라 우리의 현재로서 경험하는 과정을 그림으로써 메도루마의 소설은 독자들 또한 바로 그러한 방식으로 그렇게 쓰인 이야기를 읽기를 촉구하는 것처럼 보인다. 스즈키 도모유키(鈴木智之)와 같은 평자가 소설이 이야기하는 사건의 기억에 순순히 귀를 기울이는 청자의 존재를 전제로 할 때 메도루마 문학은 '기억 실천'이 되며, 그렇게 한 사람의 청자로서 마주할 때 비로소 이 소설을 읽을 수 있게 된다고 말하는 이유는 바로 이 때문일 것이다.[6]

거기다 메도루마의 문학 가운데에는 직접적으로 일종의 대항폭력을 그리는 것으로 읽히는 작품들도 있다. 가장 대표적인 것이 1999년에 발표된 「희망」과 2006년에 단행본으

---

6   鈴木智之, 『目の奥に立てられた言葉の銛: 目取真俊の〈文学〉と沖縄戦の記憶』, 晶文社, 2013, 18-20쪽.

로 간행된 『무지개 새(虹の鳥)』이다. 특히 「희망」에서는 앞서 언급한 1995년 사건에 대한 보도를 보며 "지금 오키나와에 필요한 것은 **몇천 명의 데모도 아니고 몇만 명의 데모도 아니다. 한 명의 미국인 아이의 죽음**"[7]이라며 어린 미국인 남자아이를 살해하는 남자를 등장시켰다. 물론 무고한 아이를 살해한다는 상상은 끔찍한 것으로 여겨지고, 군사화나 기지의 폭력과 싸우기 위해서라 할지라도 이 같은 폭력을 사용하는 것이 정당화될 수 있는가라는 의문 또한 떠오를지 모른다. 실제로 작가 자신이 마치 테러 행위를 옹호하고 있는 것처럼 이 소설을 비판하는 사람들이 등장하기도 했다. 누군가는 여기에 등장하는 "최악의 선택"의 옳고 그름을 규범적으로 따질 수도 있겠지만, 메도루마의 몇몇 소설들은 그러한 행위에 충격을 받거나 혐오를 느끼는 독자들이 어떤 종류의 폭력은 일상화된 것으로서 받아들이고 있는 사태 자체를 되묻는 것 같다.

가령 메도루마는 일본 본토에서 몇 차례 강연을 하면서 2016년 4월 28일에 워킹 중이던 20세 여성이 해병대원 출신 미군 군속에게 차로 납치되어 강간, 살해당한 사건을 이야기했음에도 불구하고 청중들 중에 거기에 관심을 보이

---

7   目取真俊, 「コザ/『街物語』より」, 『面影と連れて: 目取真俊短編小撰集3』, 影書房, 2012, 103-104쪽. 강조는 원문.

는 사람이 없었다는 데에 불만과 위화감을 느낀다. 자신의 강연을 들으러 올 정도라면 기지 문제에 관심이 있을 만도 한데, 사건에 대한 질문조차 하는 사람이 없었다는 것이다.[8] 이는 오키나와에서 일어나는 군사폭력이 새삼스럽게 놀랄 것은 없는 일상화된 사건으로 받아들여지고 있기 때문이 아닌가 생각하게 한다. 매일같이 세계에서 일어나는 어떤 종류의 폭력은 가슴 아프고 물론 있어서는 안 될 일이지만 그렇게 계속 반복되고 있는 것을 자연스러운 상태로서 받아들이다가, 거기에 대항해서 폭력이 휘둘러지면 아무리 그래도 무력 투쟁은 옳지 않다고 깜짝 놀라는 사람들에 대한 문제 제기가 거기에는 있다. 메도루마가 1950년대에 미군의 강제 토지 접수에 비폭력으로 저항했던 아하곤 쇼코(阿波根昌鴻)의 운동을 평가하는 동시에, 어떠한 주체가 어떠한 조건에서 어떠한 이유로 폭력을 행사하는지를 구체적으로 묻지 않고 폭력 일반을 부정하는 것은 안이하다고 말하는 것은 이러한 관점을 잘 보여준다.[9] 이렇게 메도루마의 문학은 당연하게 받아들여지는 현실 자체에 맞섬으로써 기지가 존재하는 오키나와의 현재에 비판적으로

---

8 目取真俊,「沖縄の米軍犯罪の根を問い糺す」,『ヤンバルの深き森と海より』, 356-357쪽.

9 目取真俊,「二つの平和醜悪さ漂う参戦意識の欠如」,『沖縄・地を読む時を見る』, 世織書房, 2006, 27-28쪽.

개입한다.

「신(神) 뱀장어」와 저항하는 힘

오키나와의 기지가 사실은 전쟁의 계속이듯, 메도루마의 소
설에서 이러한 현재는 과거와 중첩되는 것으로서 존재한다.
때로 과거의 기억은 환상적인 설정을 거쳐 글자 그대로 현재
화되어 나타난다. 「물방울」에서 주인공 도쿠쇼의 오키나와
전투 체험이 지금 부풀어 올라서 물방울을 뚝뚝 떨어뜨리는
발로 돌아오고, 「혼 불어넣기」에서는 주인공 우타의 전쟁에
서 죽은 친구가 아들의 혼이 빠진 몸에 들어간 소라게나 산
란을 하러 온 바다거북이로 되살아나는 것이 그 예이다. 메
도루마가 헤노코의 바다에서 항의 행동을 하는 틈틈이 써낸
소설 중 하나가 2017년에 『미타문학』에 발표한 단편 「신(神)
뱀장어」인데,[10] 이 소설은 과거가 현재와 어떻게 만나는지를
좀 더 직접적으로 그려낸다.

　「신 뱀장어」의 시간적 배경은 오키나와 전투 이후 약 40
여 년이 흐른 1980년대로, 주인공인 가쓰아키는 돈을 벌기
위해 본토의 공장에서 일하고 있다. 소설은 그가 즐겨 드나

10　메도루마 슌, 심정명 옮김, 「신(神) 뱀장어」, 김재용 엮음, 『현대 오키나
　　와 문학의 이해』, 역락, 2018, 29-82쪽.

들기 시작한 술집에서 한 번도 "잊은 적이 없는" 남자의 옆얼굴을 발견하면서 시작한다. 이 남자는 1944년에 가쓰아키의 마을에 들어온 일본군 해군부대 대장 아카사키인데, 이 우연한 만남을 계기로 그는 "기억 밑바닥에 가라앉은 채 몇 년이나 떠오른 적이 없었"던 과거를 갑자기 상기하게 된다. 어린 가쓰아키는 우군이 오키나와에 들어온 것에 흥분하지만, 하와이에 건너간 적이 있는 그의 아버지는 일본이 전쟁에서 이길 수 있을 것이라고는 생각하지 않으며 군부의 어리석음을 비판한다. 그러던 중 마을의 발상지라 여겨지는 신성한 샘 '우부가'의 수호신 뱀장어를 아카사키와 부하들이 식량으로 낚는 사건이 발생한다. 가쓰아키의 아버지는 아카사키에게 생명의 샘을 지켜주는 신 뱀장어를 샘에 다시 돌려놔 달라고 애걸하지만, 아카사키는 마을 사람들이 보고 있는 가운데 작살로 뱀장어를 찔러 죽여 버린다. 이윽고 마을에도 미군의 비행기가 종종 모습을 보이기 시작하더니 공습을 피해 숨은 동굴 입구에 미군이 들이닥치자 가쓰아키의 아버지는 주민들을 설득하여 미군에 투항한다. 저녁에 미군이 캠프로 돌아가고 나면 산속에 숨어 있던 일본군이 내려와 주민들의 식량을 빼앗아 가는 날들이 이어지던 가운데, 가쓰아키의 아버지는 스파이로 몰려 일본군에 잔혹하게 살해당하고 만다.

오키나와 전투 중 일본군이 주민을 스파이로 몰아서 죽였다는 이야기는 메도루마의 다른 소설에도 이따금 등장하지만, 이 소설은 살아남은 주민이 일본군 대장에게 과거의 사건을 직접 추궁하는 전개로 나아간다는 점에서 다소 색다르다. 가쓰아키는 지금은 손자와 잘 놀아주고 어린이들에게 검도를 가르치며 동네 사람들에게도 인망이 있는 아카사키에게 직접 진상을 듣고 사죄를 요구하기로 결심한다. 하지만 아카사키의 사죄를 받기는커녕 드나들던 술집에서도 앞으로 오지 말아 달라는 말을 듣고 만다. 여기서 과거의 책임을 묻는 현재의 시도는 실패로 끝나고 마는 셈이다. 그것은 여전히 기지가 존재하고 있는 지금의 오키나와의 상황과도 이어지는데, 소설은 1972년 복귀 이후에도 일본과 오키나와의 관계가 달라지지 않았음을 보여준다. 끈질기게 사과를 요구하는 가쓰아키에게 적반하장으로 "정말로 상식이 없군. 그래서 안 되는 거야, 너희 오키나와인은"이라고 말하는 아카사키의 태도는 뱀장어를 살려 달라고 비는 가쓰아키의 아버지에게 "그런 비과학적인 소리를 하니까 너희들 오키나와인은 안 되는 거야"라고 멸시하던 과거와 고스란히 겹쳐진다. 오키나와의 섬들에 다이빙을 하러 다녔다면서 간단한 오키나와 요리를 팔며 가쓰아키에게도 싹싹하게 대해주던 술집 주인은 가게 손님과 말썽을 일으키면 곤란하다며 가쓰아키를 거부한다. 오키나와 전투 당시 일본군이 저질렀던 일에 대한 사죄를 요구하는 일이 오늘날은 '말썽'을 일으키는 일이거나 심지어 아카사키의 딸이 가쓰아키에게 다그치

듯 '트집'이나 '협박'이 된다. 이는 교과서 검정 문제나 일본 군이 '집단자결'을 강제했다는 기술을 둘러싼 소송뿐 아니라 슈리(首里)성 지하에 있는 제32군 사령부 방공호 설명판에서 일본군의 주민 학살·위안부 등의 문언을 "상반된 여러 의견이 있어 확인되지 않는다"는 이유로 삭제한 사건 등을 떠올리게 한다. 또한 한편으로는 오키나와의 문화를 이국적인 것, 토착적인 것으로 즐기면서 동시에 오키나와에 기지를 강요하는 본토의 지금과도 닮았다. '치유의 섬' 오키나와의 독자적인 문화나 일본과는 다른 타자성을 상찬하고 소비하는 것은 결국 그 같은 다름을 오키나와에 계속 부여하기 위해 기지의 존재를 필요로 하고, 이 두 가지는 오키나와에 "일본인에 대한 일방적인 봉사"를 요구한다는 점에서 똑같다는 이케다 미도리(池田緑)의 지적[11]은 바로 이 같은 상황을 가리킨다. 여기서는 오키나와 전투와 그것을 상기하는 가쓰아키의 시간 그리고 기지가 존속하고 있는 지금의 시간이 겹쳐진다. 일찍이 메도루마가 분노했듯 "맛있는 부분만 집어먹고 싫은 부분은 외면한다. 자신이 짓밟은 사람이 아픔에 신음하며 목소리를 내면 되레 화를 낸다. 오키나와인이 필사적으

---

11   池田緑,「沖縄への欲望: "他者"の"領有"と日本人の言説政治」, 野村浩也 編,『植民者へ: ポストコロニアリズムという挑発』, 松籟社, 2007, 115-116쪽.

II 비판-비평

로 기지 철거를 호소해도 일본인은 기껏해야 동정하고 끝"[12]
인 것이다.

　　똑같은 일의 반복이군. 자조의 웃음이 올라왔다. 똑같은
일의 반복……. 뭔가 결정적으로 바꿀 수 있는 힘을 원했다.
하지만 가쓰아키는 그것을 찾을 수 없었다.[13]

　　소설의 후반부에서 곧 오키나와로 돌아갈 가쓰아키가
생각하듯, 일본과 오키나와의 관계 속에서 과거는 이미 지나
가 버린 일이 아니라 지금 이 순간에도 끊임없이 반복된다는
점에서도 또 다른 현재다. 그렇게 볼 때 이 소설이 결코 절망
속에서 끝나지 않는다는 것이 시선을 끈다. 오키나와에 돌
아간 가쓰아키는 지금은 주민들의 생활에서 멀어져 완전히
잊힌 우부가를 다시 찾는다. 그리고 그곳에서 몇 대째인지
모를, 살아 있는 신 뱀장어를 다시 발견한다. 가쓰아키의 눈
앞에 다시 나타난 신 뱀장어는 마을 사람들이 그 존재를 잊
어도 줄곧 살아 있으면서 "물밑에서 저항하는 생명체의 힘"
을 보여준다. 이 소설이 가쓰아키가 스스로에게 "잊으면 안
돼"라고 말하는 데에서 끝난다는 사실은 마을의 수호신인

12　目取真俊, 「辺野古が「日本」に問うもの: 沖縄への「差別」自覚を」, 『沖縄 ·
　　地を読む時を見る』, 224쪽.
13　메도루마 슌, 앞의 책, 73쪽.

뱀장어를 되살리는 힘이 무엇인지 보여준다. 아니, 되살렸다기보다 그것은 잊혀 있을 때는 죽은 것과 마찬가지지만 기억하고 물을 때야말로 살아 있음을 확인할 수 있는 존재다. 그리고 그것이 바로 현재에 저항하는 힘이기도 하다. 아무것도 달라진 것이 없어 보일지라도, 사람들이 잊지 않을 때, 제대로 책임을 물을 때, 과거가 살아나고 그럼으로써 현재가 바뀔 수 있다는 것을 「신 뱀장어」는 보여준다.

"왜 그 노력을 하지 않는가?"

헤노코의 공사는 게이트 앞에서든 바다에서든 멈추려고 하면 멈출 수 있어요. 삼백 명이 모이면 멈출 수 있습니다. 왜 그 노력을 하지 않는가? 여러 가지 논의를 하는 건 좋지만요.[14]

문학이 현실을 다르게 상상하는 가능성을 제기함으로써 지금의 세계에 관여할 수 있다면, 특히 메도루마의 문학작품이 오키나와전투의 기억을 상기시키며 과거를 이야기로서

---

14 目取真俊·仲里効,「移動すること、書くことの磁力」,『越境広場』제4호, 越境広場刊行委員会, 2017년 12월호, 18쪽.

살려낸다면, 그리고 그렇게 함으로써 그것을 읽는 사람들에게 전쟁과 폭력을 지금 자신의 문제로서 사고하기를 촉구한다면, 문학자로서 메도루마는 캠프 슈왑(Camp Schwab) 게이트 앞에 앉아 있거나 헤노코 연안에서 카누를 저을 때와 똑같이 소설을 쓰면서도 기지에 대항할 수 있는 것 아닐까? 직접 물어본 적은 없지만 아마도 그의 대답은 '아니'일 것이다.

2017년에 나카자토 이사오(仲里効)와 한 대담[15]에서 오키나와가 핵 전략기지였음을 다룬 방송에 대한 이야기가 나왔을 때, 메도루마는 핵은 파괴력이 크기 때문에 이목을 집중시키기 쉽지만 통상 병기 쪽이 많은 사람들을 죽여 왔다며 "헤노코나 다카에에 가는 것도 핵병기보다는 통상 병기에 죽임당하는 사람들을 생각하면서 가고 있다"고 대답한 적이 있다. 나카자토는 이 발언을 "극한의 이미지인 핵과 오키나와가 놓여 있는 현실의 문제를 끊임없이 오가면서 생각해야 한다는 말씀이시지요"라고 풀이한다. 그러자 메도루마는 잠깐 기다려 보라면서 핵이나 추상적인 전쟁에 반대하는 것은 비교적 쉽다고 잘라 말한다. 그러고는 "핵 문제를 운운한다면 여러분은 올해 들어서 몇 번 헤노코 게이트 앞에서 농성했는가라는 이야기예요. 나카자토 씨나 여기 있는 여러분은 올해 몇 번 농성에 참가했습니까? 헤노코나 다카에에

---

15 앞의 글, 6-27쪽.

대해 이것저것 논하는 사람은 많지만 실제로는 얼마나 현지의 항의행동에 참가하고 있을까요?"라는 물음을 던진다.

나카자토는 여기에 대답하지 않고 화제를 '현외(県外)이설론'으로 돌린다. 오키나와에만 기지가 밀집해 있는 것은 차별임이 확실하다. 그렇다면 오키나와의 미군 기지를 일본 본토가 인수해야=현 바깥으로 이설해야 오키나와와 일본이 평등해질 수 있다는 것이 현외이설론의 요지다. 이와 관련해 나카자토와 지면에서 논쟁을 한 적도 있는 지넨 우시(知念ウシ)는 "일본(야마토)은 자신의 아픔을 오키나와가 대신 부담하게 하지 말고 스스로 짊어지고, 싫으면 스스로 없애라"[16]고 확실히 말하는데, 이것은 헤노코에서 일어나는 일은 '오키나와 문제'가 아니라 일본이 일으키고 있는 '일본 문제'이니 일본인들이 해결해야 한다는 메도루마의 관점과도 통하는 것처럼 보인다. 사실 메도루마는 오키나와 내부에서는 이같은 주장이 자연스러운 감정으로 나올 수 있다는 것을 이해한다. 그럼에도 메도루마는 현외이설론에 비판적이다. 물론 나카자토처럼 이것이 평등을 국민주의로 환원하는 욕망이자 글로벌한 군사문화에 대한 심각성을 결여하고 있다거나, 하물며 신조 이쿠오(新城郁夫)처럼 기지 반대운동이란

---

16 知念ウシ · 與儀秀武 · 後田多敦 · 桃原一彦,『闘争する境界』, 未来社, 2012, 45쪽.

"평화를 향한 보편적인 추구" 속에서 "모든 폭력에 대한 절대적인 거부"를 실천해야 한다[17]는 식으로 이야기하지는 않는다. 대신 그는 현 바깥으로 기지를 이설하는 일이 현실적으로 얼마나 실현 가능한지를 묻는 동시에 문제를 오키나와와 일본의 관계보다 더 넓혀서 기지의 위치를 옮기는 것만으로는 고통을 막을 수 없다는 분명한 사실에 주의를 기울인다. 그가 되풀이해서 강조하는 대로, 이러한 논의가 확대되면 즉 헤노코에는 오지 않고 구체적인 계획도 없이 기지 인수 운동을 하는 사람들이 늘어나면 일본 정부에야 유리하겠지만, 건설자재 반입을 막기 위해 캠프 게이트 앞에 같이 앉아 있는 편이 헤노코에서 항의 활동을 하는 사람들에게는 훨씬, 훨씬 도움이 될 것이다.[18]

오키나와와 관련된 공부를 계속할수록, 메도루마의 소설을 비롯해 이른바 오키나와 문학작품을 읽으면 읽을수록 오키나와와 관련된 지식은 조금씩 늘어가지만, 그와는 별개로 메도루마는 아직도 바다에서 싸우고 있고 헤노코 신기지는 여전히 건설 중이라는 사실을 잊기가 어렵다. 그리고 기지를 현 바깥으로 가져가라거나 류큐는 독립해야 한다는 목

17　新城郁夫, 「倫理としての辺野古反基地運動: 辺野古から嘉手納、宮古、八重山へ」, 『現代思想 2月臨時増刊号 辺野古から問う: 現場のリアル』, 青土社, 2016, 128쪽.

18　辺見庸・目取真俊, 『沖縄と国家』, 角川新書, 2017, 65-66쪽.

소리가 오키나와 안에서 나올 때에는, 그것들을 명쾌한 하나의 주장으로 정리한 다음 동조하거나 비판해서는 안 된다는 생각이 점점 더 든다. 그러다 보니 '오키나와에 대해' 뭔가를 이야기하거나 글을 쓰는 것이 자꾸만 어려워진다. 오키나와의 군사화와 미군기지에 반대한다면 실제로 새 기지가 생기는 것을 막기 위해 움직여야만 한다고 역설하는 메도루마의 말은, 문학작품을 읽으며 기억을 나눠 가지고 과거를 잊지 않으며 다른 현실을 상상하는 것이 전쟁이나 만연하는 폭력에 대항하는 실마리가 될 수 있을 것처럼 믿으려 하는 독자에게는 무척 무겁게 다가온다. 헤노코의 바다에서 싸우는 메도루마를 앞세워, 안락한 곳에서 오키나와에 대해 사고하는 것은 실제 세계에는 아무런 변화도 가져올 수 없다고 말하려는 것이 결코 아니다. 또 듣다 보면 많은 부분 고개를 끄덕일 수밖에 없는 것은 사실이라 할지라도, 오키나와와 관련된 모든 사안에 대해 메도루마의 주장이 전부 옳다고 생각하는 것도 아니다. 다만 메도루마의 말을 듣고 글을 읽게 된 뒤로 자기 자신에게 끊임없이 되돌아오는 물음에 대한 이야기다. 슬슬 글을 마무리하기 위해, 스스로가 무엇을 할 수 있을지를 끊임없이 질문하며 오키나와를 사유하는 것에서부터, 또 그런 사람들이 조금씩 늘어가는 데서부터 작은 변화는 시작되고 있다고, 대충 희망적인 결론을 내려 볼 수도 있으리라. 하지만 습관적으로 들

Ⅱ 비판-비평

락거리는 메도루마의 블로그에서 항의 행동의 기록을 보고 있으면, 역시나 그들의 싸움이 이렇게도 고독한 것이 너무도 이상하게 느껴지고 만다.

심정명
일본 오사카대학교에서 일본 현대문학과 내셔널리즘에 대한 연구로 박사학위를 받았다. 현재는 조선대학교 인문학연구원에 재직 중이다.

X 현장-비평

동아시아 지중해와 제주 해녀 로드

구모룡

1. 제주라는 텍스트

제주도의 역사를 가장 잘 아는 이는 제주도 자신이다. 마찬가지로 해녀를 가장 잘 아는 이는 해녀 자신이다. 외부자의 시선으로 제주와 제주문화를 제대로 말하기는 어렵다. 더군다나 제주의 해녀 문화를 어떻게 이해하고 설명할 수 있을까? 그동안의 연구성과에 기대면서 우회할 수밖에 없다. 달리 방법적인 접근이라고 할 수 있을 터인데 이는 기존의 시선을 확장하고 새로운 관점을 만드는 일과 연관된다. 일방 혹은 비대칭성을 거부하면서 다층적이고 교차하는 시각을 구성하려는 기획이라 할 수 있다. 제주 해녀 문화의 위상을 동아시아적 시각으로 살피는 일이 이에 속한다.

국가 스케일의 시야로 보면 제주의 해녀 문화는 잔존의 로컬문화에 불과하다. 하지만 이를 동아시아 지역(region)으로 확장하면 그 위상이 달라진다. 국가중심적 관점에서 로 컬의 다양성은 전체를 구성하는 부분에 불과하다. 이럴 때 지방주의(localism)라는 자기중심적인 논리가 형성되기도 한 다. 이와 달리 로컬로부터 국가를 넘어서 지역(동아시아)을 연계하는 방법이 있으며, 로컬은 국가 중심 시야에 갇히지 않고 새롭게 해석된다. 더군다나 주변과 해역의 섬은 육역의 국가 중심 시각에 의해 왜곡될 가능성이 크다. 동아시아 지 역주의(regionalism)를 도입하더라도 이러한 문제의식이 부가 되지 않으면 안 된다. 국가와 동아시아 스케일에서 이미 규 명된 바 있는 제주의 해녀 문화는 주변과 해역을 더 면밀하 게 살피는 일에서 그 특이성이 더욱 잘 드러난다.

동아시아는 단순하게 대륙과 반도와 열도로 구성된다고 말한다. 실제 대륙은 매우 추상적인 인식의 대상이다. 반도 와 열도도 수많은 섬을 포함하고 있다는 점에서 대륙과 반 도와 열도와 섬의 관계는 늘 중요한 텍스트이다. 특히 일본 의 식민주의와 연관된 홋가이도, 오키나와, 타이완이 있다. '주권 없는 최대의 경제적 실체'로 존재하는 타이완은 우카 이 사토시가 지적하듯이 이 지역의 지역학적 운명과 크게 연 관되어 있다고 하겠다. 미국 지배하에 있는 오키나와와 더 불어 이들은 '이중의 식민지 경험' 속에 있다.[1] 제주라는 텍

---

1   우카시 사토시, 신지영 역, 『주권의 너머에서』, 그린비, 2010, 197-

스트도 이러한 '문제'에서 이들에 미칠 바가 못 된다고 하더라도 그에 상응하는 과제들을 내포한다. 탐라로부터 출발한 제주의 역사에서 식민주의와 제국과 국가의 침탈은 매우 중요한 주제들이다. 여기에 개입된 폭력의 형태는 대체로 남성중심주의를 동반한다. 해녀 문화의 형성과 부침이 제국의 침탈과 유교 국가주의와 국가 독점 자본주의와 연동한 가부장제의 영향 관계에 있음을 알기 어렵지 않다.

제주와 해녀는 여러 가지 문제가 중첩된 텍스트이다. 먼저 제주를 보는 시각이 문제이다. 제주를 제주의 관점으로 보면서 자기중심에 갇히지 않는 방법을 모색해야 한다. 제주 안의 주체이자 타자인 해녀는 여성문화라는 차원에서 재해석되어야 한다. 물의 원소와 더불어 사는 이들의 삶은 땅의 원소와 더불어 사는 이들과 다르다. 이들이 지닌 고유의 의례, 공동체 문화, 유동성은 어떠한 맥락에서 새로운 배움의 원천이 될까? 허영선의 시집 『해녀들』[2]과 리사 시의 장편소설 『해녀들의 섬』[3]을 주목하게 된다. 이들의 작품을 통하여 해녀문화를 페미니즘으로 읽을 계기를 얻는다. 때론 하나의 시편이 더 큰 울림을 주고 한 편의 소설이 구체성을 확인하게 한다. 무엇보다 문화는 그 내부에서 먼저 이해되어야 한

213쪽.
2   허영선, 『해녀들』, 문학동네, 2017.
3   리사 시, 이미선 역, 『해녀들의 섬』, 북레시피, 2019.

다. 해녀 자신의 진술이 가장 중요하다. 구술자료의 중요성은 아무리 강조해도 지나침이 없다.

제주 해녀는 전 세계적으로 희귀한 존재로 인정되고 있으며 다각적인 연구가 진행되었다. 해녀의 역사와 삶에 관한 문헌 연구, 잠수 활동 연구, 삶과 공동체에 대한 인류학적 조명, 해녀 활동에 관한 사회과학적 접근, 사회적 이미지와 문화상품화 가능성 등이다.[4] 제주학에서 해녀 연구가 차지하는 비중이 매우 큼을 알 수 있다. 조선 시대의 유교 봉건주의와 20세기 제국주의와 국가주의에 가려진 제주를 방법적으로 재인식하는 일은 새로운 제주학을 위해 요긴하다. '방법으로서의 제주'라는 관점이 필요한 시점이다. 타자의 관점이 아니라 제주의 관점에서 제주를 바라보고 해석하자고 제안한다. 이는 탐라국 기원에서 오늘에 이르는 제주 바다의 역사를 통해 정립될 수 있다. 제주의 관점에서 제주를 인식하고 그로부터 세계적 전망을 세우는 방법으로서의 제주학 나아가서 제주해학(濟州海學)이 요긴하다.

2. 제국의 시선

1901년 지그프리트 겐테는 황실 무역 소속의 700톤급 순항

---

4   좌혜경 외,『제주 해녀와 일본의 아마』, 민속원, 2006, 18쪽.

선인 '현익호'를 타고 제주를 찾는다. 제물포에서 출항하여 사흘을 항해하여 제주에 내린 그는, 3주 이상 머물면서 한라산을 등정하고 그 높이를 1,950m로 측정한다. 그에 의하면 당시 "세계해양지도, 심지어 일본 지도조차 섬 내륙에 관한 정보는 하나도 확실한 것이 없었다"고 한다. 그는 제주 목사 이재호로부터 『탐라순력도』 가운데 「한라장촉」으로 짐작되는 지도를 건네받는다. 신성한 한라산에 오르기를 만류하는 목사를 설득하고 마침내 등정에 오른다. 이러한 과정에서 그는 풍경에 대한 심미적 찬탄과 더불어 풍속의 미개함에 불안한 시선을 던진다. 그의 기행기 속에서 제주 해녀와 연관하면서 주목할 내용은 두 가지이다. 그 하나는 우도에 일본인 어촌 마을이 있고 그들이 성능 좋은 유럽식 배를 소유하고 있다는 사실이다. 다른 하나는 그의 해녀에 대한 진술이다.

덕분에(출항이 늦어지면서-인용자) 여행 동안 풍부한 전리품과 진기한 볼거리 등의 자료를 충분히 얻을 수 있었다. 섬에 대해서도 비교적 많이 알게 되었다. 주요시설도 방문하고, 온갖 일을 하며 게으른 남자들을 부양하는 여성들의 특이한 처지도 파악했다. 제주의 명물인 해녀들은 위험한 해안에서 진주조개를 캐러 잠수한다. 또한 산에서 수확한 것을 나르거나, 힘겨운 소금 채취나 모자 엮는 일 등 섬의 주요 생

업 현장 어디서나 여자들이 일을 하고 있었다.[5]

이처럼 겐테는 '제국의 시선'을 그대로 투영하고 있다. 그에게 해녀는 특권을 지닌 자의 특이한 관찰 대상일 뿐이며 발견의 수사로 그려진다.[6] 이즈미 세이치의『제주도』는 1935년에서 1965년에 이르도록 30년에 걸친 인류학자의 보고서이다. 이 책에서 그는 해녀에 관하여 관찰자의 입장으로 서술한다. 크게 나잠과 그 기술과 나잠 노동의 형태를 서술하는데 후자는 다시 나잠, 나잠어장, 잠녀의 출가, 물맞이, 제주도 잠녀와 일본의 해녀로 나뉜다. 그에 의하면 제주도 해녀는 뛰어난 재능을 지녔으며 1900년 초부터 일본으로 건너가고 한반도의 연안으로 진출한다. 보통 2월경에 범선을 타고 전라남도 해안으로 갔다가 차츰 동해안으로 북상하여 9월 하순에 청진에 도착, 여기서 기선을 타고 조 수확기까지 제주로 돌아온다. 1930년대 말에는 기선을 이용하여 어획이 많은 곳을 집중적으로 일하기도 한다. 일본으로 향하는 사람은 대부분 오사카 항로를 이용하였고 1936년도 통계에

---

5 지그프리트 겐테, 권영경 역,『신선한 나라 조선, 1901』, 책과함께, 2007, 288-289쪽.
6 메리 루이스 프랫은 발견의 수사를 1) 풍경의 심미화 2) 재현하는 의미의 밀도 3) 보는 자와 보이는 자 사이에서 성립하는 지배의 관계로 설명하고 있다. 메리 루이스 프랫, 김남혁 역,『제국의 시선』, 현실문화, 2015, 454-456쪽.

따르면 출가 잠녀가 3,360명에 이른 것으로 진술하고 있다. 제주 해녀의 출가가 중국의 칭다오, 다롄 그리고 러시아 블라디보스토크까지 펼쳐진 사실은 언급되고 있지 않다. 그는 한국의 해녀가 제주에 한정된 점을 들어서 일본 또는 중국에서 전파된 것으로 추정하기도 하면서 제주도 잠녀와 일본 해녀를 다음과 같이 비교한다.

우선 제주도 잠녀와 일본 해녀와의 공통점을 들어보면 기술에 있어서는 이미 말한 것처럼 매우 흡사하다. 즉 헤엄치는 법, 잠수법, 일본에서는 부낭으로 빈 나무통을 쓰고 제주도에선 테왁을 쓰는데 이를 중심으로 잠수를 하는 점 등을 지적할 수 있다. 상이점은 일본 해녀는 잠수 때 속치마를 입는 데 비해 제주도 잠녀는 이와는 다른, 더구나 한복과도 계통이 다른 마름질인 소중의를 입는다는 것, 어획 대상물은 일본에서는 식용의 패류, 해조류가 주인데 비해 섬의 잠녀는 우선 밭 거름으로서의 듬북이 주이고 식용 해조류와 패류가 버금이라는 점이다. 자칫 간과하기 쉬운 사실은, 섬의 나잠이 농업의 요구와 관계가 깊다는 것이다. 해조류가 흉년일 때 지내는 잠수굿에서 심방(무당)이 좁쌀을 해중에 뿌려 이것이 씨가 돼서 싹이 튼다는 신앙은 분명히 농업 문화의 반영으로 해석할 수 있다. 일본 해녀에게는 이러한 신앙행사를 볼 수 없다. 말하자면 제주도에서는 잠녀의 잠수가 농업과 강력한

관계가 있음에 반해 일본의 잠수는 오히려 농업과는 거의 관계가 없다는 점이 지적되어야 한다.[7]

이와 더불어 일본의 경우 여자보다 남자가 오히려 많은 점을 들어 여성으로 구성된 제주 해녀와 큰 차이가 있음을 덧붙인다. 그는 척박한 제주의 밭에 쓸 거름으로 해조류를 채취한 일을 들어 제주 잠수를 농업의 연장으로 간주한다. 일본의 경우 농경지에 벼농사가 이뤄지고 이와 별도로 어업이 진행된 탓에 농업과 분리로 보인다. 벼농사가 어려운 제주의 처지에서 바다를 논밭으로 비유하는 관념이 형성될 수 있다. 이는 농업의 연장이라기보다 더 강한 생존의 논리라 이해된다. 어떤 의미에서 이즈미 세이치는 제주 잠수를 일본 해녀의 변이형태로 보고 있지 않나 추측된다. 일본주의라는 정치적 무의식이 개입하고 있다. 이는 「일본의 나테잠수어업자 분포도」를 통하여 열도에 광범하게 분포된 일본 해녀와 대비되는 제주 해녀의 종속적 위상으로 그려진다.

시바 료타로는 그의 『탐라기행』에서 이즈미 세이치의 『제주도』를 거론한다. 경성제국대학 법문학부에서 국문학(일문학)을 전공한 이즈미가 한라산을 등반하는 과정에서 일어난 친구의 죽음으로 문화인류학으로 전공을 바꾼 사실을

---

7   이즈미 세이치, 김종철 역, 『제주도』, 여름언덕, 2014, 147쪽.

상기한다. 아울러 1965년 30년 만에 수행된 이즈미의 제주 방문과 도쿄에 사는 제주 사람 연구를 언급한 뒤에 다음과 같은 진술을 이어간다.

내셔널리즘은 어느 민족, 어느 향당에게나 있게 마련이 므로 나쁜 것은 아니다. 다만 천박한 내셔널리즘이라는 놈은 노인으로 말하면 치매같은 것이다. 장년으로 말할 것 같으면 자신 없음의 한 표현이겠고, 젊은이의 경우는 단순한 무지의 표출일 뿐이다.

일본에도 이러한 천박성은 어느 시대에나 있어왔지만 한 국에도 있다. "잠수어법은 제주 해녀가 일본 해녀들에게 가 르쳤다"하는 사람이 제주도에 있는 것을 보고 깜짝 놀랐다. 이러한 의견은 심리학의 대상이라 할지라도, 인식에 필요한 수속을 밟은 것이라 볼 수 없다. 우리 아시아인은 고대적 마 음의 넓이를 좀더 많이 가질 수 없는 것일까?

제주도 해녀를 생각하기 전에 잠수어법 일반에 대하여 생각해두는 것이 좋겠다. 잠수어법이란, 바다 속에 자맥질해 들어가서 물고기를 찔러 잡거나, 조개를 채취하거나 하는 고 기잡이 방법이다. 지금은 이러한 방법은 이른바 스킨 다이빙 으로서 스포츠의 하나가 되어 있으나, 이것은 원래 흑조권에 서 문화를 만들어온 여러 민족들의 것이었다.(그 시대에는 근 대 국가니 하는 따위처럼 장벽을 완강하게 높게 쌓은 기구는

존재하지 않았다.) (중략)

　그 잠수어법 민족이, 흑조를 타고 오끼나와, 제주도, 큐
수, 세토나이카이에 이르기까지 영역을 넓히고 있은 것은, 기
원전의 광경이었다. 제주뿐만 아니라, 그 흑조인들은 한반도
의 서해안 지방이나 한반도 남부의 다도해, 나아가서 중국의
요동반도나 산둥반도 연안에서도 활동하고 있었음에 틀림
없다. 고대에는 고대의 다이너미즘이 있었다. 그 뒤 조선이나
일본의 내륙에 고대국가가 성립되면서 그들은 그 휘하로 편
입되어가고, 남태평양을 고향으로 하던 시대의 그 트임을 잃
게 되는 것이다.[8]

　국민국가를 넘어서 해역의 시점으로 사유하자는 시바
료타로의 제안은 유익하다. 쿠로시오를 따라서 잠수어법이
발달하였다는 그의 견해는 충분히 고증될 필요가 있다. 일
본의 경우를 들어 에도 시대까지 남자 아마(海士)도 많았으
나 메이지 이후에는 아마라고 하면 으레 여자를 가리킬 정
도로 여자들의 일이 되었다고 한다. 그는 제주 해녀의 특수
성을 어느 정도 인정한다. 특히 능력의 측면에서 일본 아마
가 뒤따르지 못함을 지적하고 있다. 쿠로시오 문명권에 대한
언급과 더불어 그는 다시 몇 가지 중요한 내용을 언급한다.

8　시바 료타로, 박이엽 역, 『탐라기행』, 학고재, 1998, 247-249쪽.

첫째, 해조류를 먹는 해인족의 거주지역이 쿠로시오를 따라서 북상하여 일본에 이른다고 한다. 둘째, 제주나 일본에서 모자반이라는 해조를 비료로 사용하였다. 이는 이즈미 세이치의 견해를 어느 정도 반박하고 있다. 셋째, 해녀는 유교권 문화와 거리가 있으며 제주의 해녀가 차별받았는데, 일본은 유교 문화권이 아니어서 제주와 다르다. 조선의 통치 이념이 제주에 개입하면서 제주의 해녀가 서발턴의 위치에 놓일 가능성을 암시하고 있다고 생각한다. 이즈미 세이치의 견해를 따르면서 더 큰 스케일로 새로운 견해를 제출하고 있는 시바 료타로의 입장은 여러 가지 차원에서 제주 해녀를 접근하는 데 시사점을 제공한다. 첫째, 쿠로시오 해양문명권과 잠수어법. 둘째, 잠수와 농업의 관계. 셋째, 유교문화와 해녀의 관계. 넷째, 제주 해녀의 능력. 물론 충실한 고증을 바탕에 두고 있지 않으나 역사소설가인 그가 제주 해녀를 보는 시각을 확장하는 데 어느 정도 도움이 되고 있다.

3. 여성문화로서 해녀 문화

지금까지 섬의 역사는 변경사나 주변사로 취급받아 왔다. 균일성과 균질성이 하나의 이념으로 강조될 때 주변 지역, 특히 섬 지역은 본토와의 차이에서 후진성이 지적되었다. 이는 국가의 중심성, 중앙성, 구심성이 강조되고 목표가 된 결과, 주변 지역이 유지되고 있던 독자성은 균질화의 대상이 되기보다 오히려 중앙에서의 원조나 보조의 대상이 되어버린다. 이 점이 육역의 로컬과 다른 섬의 로컬리티이다. 하지만 우리는 다음처럼 질문을 던질 수 있다. "주변사나 변경사를 중심에서가 아니라 그 자신의 시점에서 본다면 어떠한 역사적 견해가 발생할까?" 그럴 때 주변이나 변경은 다른 문화와 접촉하며 상호 교류의 장을 구성하고 문화 교섭의 장을 형성하는 개척자라 할 수 있다.[9] 제주는 "대지의 노모스"에 의해 지배당해 왔다. 열린 바다, 희망의 바다가 모순과 아이러니로 가득하게 된다. 국가의 상태(주디스 버틀러에 의하면 state는 국가이자 상태이다)에 따라서 제주는 수축과 이완을 경험하였다. 왜 섬을 떠나 또 다른 섬인 "이어도"로 떠나려 할까? 고은 시인은 "절망" 때문이라고 한다. 무엇이 절망하게 한 것일까? 그것은 "내 나라"이다. 관리의 탄압과 폭정, 국가 폭력을 겪으면서 사방을 둘러싼 수평선을 바라보고 사는 사람의 심정은 "절망"이 아니고 무엇이겠는가? 이러한 절망으로부터 탈주하거나 다른 곳으로 망명하려는 지향이 "이어도"라는 환상을 형성한다. "이어도"는 "수평선"이라는 한계를 넘어 존재한다. 그러나 "수평선"을 넘는 일은 불가능한

---

9   하마시타 다케시, 김정환 역, 「동양에서 본 바다의 아시아사」, 『바다의 아시아 1』, 다리미디어, 2003, 142쪽.

일! 이처럼 아이러니 속에 "이어도"가 하나의 표상이 되었다. 그렇지만 아이러니는 절망과 희망의 변증법이다. 끊임없이 현실에 회의하지만 끝내 새로운 세계에 대한 염원을 놓치지 않는다. 그런데 고은의 「이어도」는 놀랍게도 문충성 시인의 다음과 같은 문장과 만난다. "수평선—그것은 우리의 오랜 그리움이어서 건너가야 될 꿈이요 절망이다. 오랜 그리움이라 함은 우리가 찾아야 될 낙원—은 '이어도'로 나타나는 것이며, 꿈은 인간살이의 최고 절정에 이르는 길이며, 절망은 완전하지 못한 인간이 한번씩 가야 될 죽음이다."[10] 물론 문충성의 '이어도'는 정치학을 함의한 고은에 비해 존재론적인 편향을 지니고 있다. 그렇지만 절망의 존재론이란 절망의 정치학과 사회학에서 기인하는 바 크다. 넘고 넘어도 가이없는 수평선의 외부에 '이어도'를 만드는 마음의 현상학은 육역의 사람들이 결코 이해할 수 없는 대목이다.[11]

하늘 향해 눈도 귀도 감지 못한
한라산 때죽나무
만장처럼 휘늘어진 그 꽃 그늘 아래
우수수

10 문충성, 『그때 제주바람』, 문학과지성사, 2003, 158쪽.
11 구모룡, 『해양풍경』, 산지니, 2013, 186-187쪽 참조.

서보지 않았다면
그것들의 못 견디게 허리 꺾는
우우우 그 소리
듣도 보도 못하였다면
어떻게 제주섬을 다 안다 하겠는가

한라산 복사뼈 드러낸 마른 저녁
섬의 길에 찬연하게 매달린 노란 멀구슬낭
파도에 가까이 더 가까이 귓불 대는 갯메꽃
그 여린 입술에 몸을 낮춰보지 않았다면 그대여
어떻게 제주섬을 다 보았다 하겠는가

섬의 혹을 단 팽나무가
휘어진 흙밭의 시간을 견디고 있다
단단한 화산의 돌밭
뿌리의 실핏줄마저 바다로 가는 시간
걷다가 걷가다
홀로 물이랑 더듬는 자의 검은 등판을
만나지 못하였다면
어떻게 제주섬을 다 걸었다 하겠는가

아득한 파도속 몰락한 사랑의 구슬을

홀로 받아 적지 못하였다면

어떻게 제주섬을 다 느꼈다 하겠는가

해협을 건넌 바다가 동과 서로 합쳐져

먼바다 언 바닷물에 언 몸 까무러치고

오월에도 흉터처럼 그 붉은 꽃들의

오랜 출가에 마음 주지 못하였다면

어찌 제주섬을 다 살아냈다 하겠는가

　　　　　　— 허영선,「혹여 제주섬을 아시는가」 전문

"혹여 제주섬을 아시는가"라고 허영선 시인은 묻는다. 기억의 지층, 풍경의 슬픔, 삶의 고통과 '몰락한 사랑'을 말한다. 전혀 다른 감각으로 자신을 느끼기를 요청한다. 제주의 주인은 국가가 아니며 그 속에 사는 주민이다. '변방의 변방'으로 내몰린 그들의 역사를 그들의 시각에서 새롭게 서술하는 일이 중요롭다. 제주는 동아시아 혹은 아시아 지중해의 섬 네트워크의 한 결절지이다.

　제주의 해녀 문화가 형성되는 과정에는 여러 가지 내외적 요인이 작동하였다. 벼농사가 가능한 땅이 극도로 부족하고 밭농사로 살아가야 하는 환경에서 바다는 부족한 식량 자원을 충족하는 보고이다. 더군다나 제주 연안은 해류가 만나는 등의 요인으로 해양생물자원이 풍부하다. 자연스럽게 연안 어촌의 노동이 늘게 마련이다. 밭일과 가사와 해산물 채취와 같은 여러 가지 노동이 분화되지 않는다. 남성 인력이 줄거나 이에 상응하는 사회변동 속에서 여성이 잠수를 담당하는 행위 규범이 형성되면서 해녀 사회 혹은 해녀공동체가 출현한 셈이다. 이는 바깥의 일을 남성이 맡는 육역의 유교 사회와 다른 모습이다. 제주 사회에서 남성과 여성의 젠더는 육역 사회와 다른 정체성을 구성한다. 남성이 우대되지만 그렇다고 여성이 차별받지 않는 관계를 이루었다. "대등한 생활권자로서 삶을 영위하고 공유하는 파트너"[12]가 되었다. 이처럼 제주 사회의 해녀는 여성이라는 이유로 차별, 폭력, 착취에 취약하지 않았다. 오히려 일하는 여성의 긍정성, 능동성, 자발성, 주체성을 담보하였다. 이를 한림화는 '여성주도형 생활패턴'의 형성이라고 규정한다.

　　제주도에서 두 성은 비교적 합리적으로 제 몫의 '일'을 배분하여 처리하였다. 예컨대 여성은 밭일이며 물질 등 생업을 꾸리는 '소소한' 일을 한다. 기일 제사의 제관이 되고 관공서에 드나들면서 사무 일을 하는 등 소위 '큰 일'은 남성의 몫이다. 자녀의 혼인, 밭을 사고파는 문제 등 재산축적과 손

12　한림화, 「해양문명사 속의 제주 해녀」, 『제주해녀와 일본의 아마』, 민속원, 2006, 31쪽.

실에 따르는 '집안의 대소사를 결정하는 일'은 남성과 여성 즉 남편과 부인이 의논하여 결정한다. 이는 마을마다 집안마다 다소 약간의 차이가 있을망정 마치 조례처럼 통념화된 일 분배였다.[13]

만일 페미니즘을 삶을 존중하고 평등을 위해 적극적으로 헌신하는 것이라고 정의한다면[14] 제주의 해녀는 이를 수행하는 사람들이라 할 수 있다. 이들은 가족 내에서 지위가 바르고 사회적 정체성이 뚜렷하다. 물론 제주 해녀의 젠더 정체성을 고정된 양상으로 보지 않아야 한다. 무엇보다 자본주의의 개입을 생각할 수 있다. 조선의 주자주의 통치 이념이 해녀를 하위 주체로 간주하거나 가부장적 제국주의와 국가주의가 폭력적인 억압을 자행하였다. 일하는 여성으로서 해녀의 지위도 이와 같은 사회적 상황과 연동한다. 무엇보다 주목하는 것은 이들의 젠더 수행성이다. 이는 보살핌, 사랑, 공동체성, 공생 등의 가치와 연관된다. 해녀들의 노동은 가족에 대한 보살핌의 실현이다. 이들은 가족경제를 위하여 다른 바다로 이월하고 다른 도시로 나아간다. 하지만 자본제의 교환가치가 이들을 훼손하지 못한다. 사랑이 있기 때

---

13 같은 글, 33쪽.
14 줄리아 우드, 한희정 역, 『젠더에 갇힌 삶』, 커뮤니케이션북스, 2006, 5쪽.

문이다.

그렇다. 왁왁한 물속 물밑에 내려가면 환하다지만 사랑의 깊이 없이 어떻게 깊은 바다에 들겠는가. 사랑을 품지 않고 어찌 물에 가겠는가. 어떤 절박함 없이 어찌 극한을 견디겠는가. 그러니까, 당신들은 삶이란 무엇인가를 말없이 물노동으로 보여주었다. 우리 앞에 거대한 위로를 건네주었다. 어쩌면 우리는 큰 빚을 지고 말았다. 슬픔과 기쁨으로 범벅된 물의 운명을 사는 이 바다의 당신들에게. 그들의 이름은 해녀이거나 잠녀이거나 잠수이다. 오랜 세월 그렇게 불렀다. 하나로 묶어낼 수 없다. 해서, 이 시의 곳곳에서 부르는 노래엔 이 모든 이름들이 섞여 있다. 그 모든 이름들은 바다의 흐름처럼 시대의 초상이므로.[15]

허영선이 말하듯이 해녀는 늘 새로운 사랑을 발명하는 사람들이다. 보살핌과 사랑은 가족주의에 한정되지 않는다. 해녀는 공동체 생활을 통하여 서로를 배려하고 지킨다. 이들에게 의미 있는 개념은 젠더가 구축되는 방식으로서의 양성성(androgyny)이다.[16] 양성적 사람이란 고정된 성 역할을 거

15 허영선, 앞의 시집, 110쪽.
16 줄리아 우드, 35-26쪽.

부하고 문화가 여성적, 남성적으로 여기는 두 가지 특성을 구현한다. 양성적 여성과 남성은 남을 돌보기를 좋아하고 자기주장이 강하면서 세심하다. 단 하나의 젠더에 대한 사회적 규정에 얽매이는 것을 원하지 않고 내면에서 모든 가능성을 계발한다. 모든 인간 품성에 가치를 부여하는 자질을 좇는다. '불턱'은 해녀공동체를 상징하는 장소이다. 여기서 형성된 질서와 규율은 바다에서건 마을에서건 유지된다. 상군과 중군과 하군으로 능력에 따라 분류되면서 훈육되는 과정은 해녀공동체의 지속가능성을 담보한다. 돌봄과 책임, 자율과 절제가 항상 유지되어야 한다. 상위기구로 잠수회 또는 해녀회라는 의결기구도 해녀공동체의 우애 민주주의를 잘 말한다.[17] 해녀는 또한 공생 공락의 윤리 공동체이다. 고향바다든 출가 물질이든 이들은 공생의 이념과 공락의 가치를 늘 견지한다. 배려와 증여는 이들의 마음에 내재해 있다. 바다로 둘러싸인 섬에서 해녀들은 물처럼 유동한다. 바다가부여하는 자유와 구속을 체화하면서 상처와 고통을 다스린다. 리사 시의 장편소설『해녀들의 섬』은 이러한 해녀의 여성문화를 잘 재현하고 있다. 물론 여전히 제주의 최종심급에 4.3이 있듯이 이 소설도 이를 피할 수 없이 4.3으로 회수된다. 이러한 문제를 유보한다면 이 소설은 미국 작가가 썼지

---

17 불턱과 잠수회에 대한 자세한 설명은 한림화, 앞의 글, 38-39쪽.

만 매우 훌륭한 해녀 소설이다. 이 소설을 통하여 등장인물 '영숙'과 '미자'를 둘러싼 가족과 사회의 변화 속에서 여성문화로서 해녀 문화가 지닌 구체적인 세목들을 만날 수 있다.

4. 해녀 문화의 동아시아적 위상

제주 해녀 문화의 동아시아적 위상은 동아시아지역에서 뚜렷하게 부각되는 그만의 특이성으로 먼저 자리매김한다. 중국과 일본이 해녀 전통을 지녔다고 하나 제주와 같은 확장성과 지속가능성을 보이지 않았다. 비록 제국과 자본주의가 개입한 일이지만 제주 해녀가 일본열도의 연안에서 남중국해를 경유하여 발해만에 이르고, 한반도의 남해와 동해를 거쳐 블라디보스토크를 오간 사실은 동아시아사에서 중요한 사건이다. 여기에는 여러 가지 그림이 포개진다. 먼저 지리학의 네 가지 스케일을 들어보자. 제주라는 로컬과 한국이라는 네이션, 동아시아라는 리전, 세계라는 글로벌. 제주 해녀 문화는 로컬문화이다. 국가 내에서 그 특이성이 인정된다. 이처럼 국가 스케일 중심적 시각에서 부여된 특이성은 지방주의로 환원될 가능성이 크다. 로컬에서 동아시아지역으로 시좌를 넓힐 때 새로운 국면이 열린다.

일본과 제주의 관계에서 메이지 이전과 이후를 생각할 수 있다. 엄격한 쇄국령이 분카기(1804-1817)에 이르러 다시

느슨해지면서 밀어와 밀항이 잦았다. 농업과 어업을 다 같이 장려한 일본과 어업을 천시한 조선은 모순을 안고 있었다. 19세기 후반 열도 어민의 반도 진출이 잦았다면 반도 어민의 열도 진출은 토지를 지니지 못한 제주 어민을 제외하고 없었다.[18] 조선의 반(反)해양과 달리 제주는 해양과 해역 지향이다. 반도의 주변이지만 해역 네트워크의 중심인 제주는 반도와 열도(혹은 군도[19])를 잇는 결절지이다. 제주와 일본의 관계사는 제주 해녀의 이주를 비롯하여 오랜 공간성을 지닌다. 개방성과 자율성을 가진 트랜스내셔널한 운동이 있다. 이러한 양상들이 국가에 의해 변경성과 종속성으로 위축되었다. 다시 해역 혹은 주변의 섬 문화를 인식해야 한다. 국가 스케일 중심적 시각은 제주를 국가의 행정구역의 한 지역으로 인식한다. 이는 국가보다 큰 영역에 대한 관심이 결여되어 있다. 중국과 한국과 일본을 대륙-반도-열도로 규정한다. 그러나 국민국가의 주변이나 경계 영역에 많은 물적, 인적 교섭이 있었음을 알 수 있다. 지역적(regional) 스케일로 볼 때 주변들이 네트워크의 결절로 부각된다. 해녀 로드를 따라서 다양하고 많은 해항도시들이 연결될 수 있다. 칭다오, 다롄, 목포, 부산, 원산, 청진, 블라디보스토크, 오사카, 나가

---

18 쓰루미 요시유키, 이경덕 역, 『해삼의 눈』, 뿌리와이파리, 2004, 484-488쪽.
19 이시하라 슌, 김이인 역, 『군도의 역사사회학』, 글항아리, 2016.

사키, 도쿄 등등.

그런데 국가적, 지역적 시각이 육역 중심이라면 '해역세계'(maritime world: 그 중심에 바다를 가진 권역)는 또 다른 인식지도를 가능하게 한다. 해역 속의 섬인 제주는 동아시아 해역의 역사 속에 존재하였던 기억을 통해 새로운 접근이 가능하다. 시바 료타로가 말한 대로 쿠로시오 해류를 따라 형성된 해양문명을 상정할 수도 있다. 동중국해로부터 반도와 열도를 끼고 동해로 이어진 긴 회랑이 있다. 해류와 바람을 따라 북상하는 문화이다. 타이완, 오키나와, 제주, 규슈는 바다를 끼고 서로 영향을 주고받았다. 배와 사람의 이동이 문화 교섭을 가능하게 한다. 건축학적으로 동중국해 민가의 상관성은 분명하다.[20] 프랑스와 지뿌로는 황해를 포함해 남중국해, 술루해, 셀레베스해의 해분들을 연결하고 해항도시로 치면 블라디보스토크에서 싱가포르에 이르는 해양회랑(maritime corridor)을 아시아 지중해로 설정한다.[21] 이를 좀더 좁혀 남중국해로부터 동해에 이르는 해역으로 한정하면 동아시아 지중해가 된다. 제주는 동아시아 지중해 속에 있고 제주의 해녀는 동아시아 지중해를 유동하였다. 제주 연안에 정주하면서 해역으로 이동하는 과정은 '제주 해녀 로

---

20   윤일이, 『동중국해 문화권의 민가』, 산지니, 2017 참조.
21   프랑수아 지푸루, 노영순 역, 『아시아 지중해』, 선인, 2014 참조.

드'로 그려질 수 있다. 여기에는 노동과 노래, 사람과 이야기와 풍경, 해류와 바람, 테우와 범선과 증기선이 그려낸 항로가 등장한다.

동아시아 여성문화로서 제주 해녀 문화의 위상은 먼저 로컬 제주에서의 수행으로 드러난다. 서발턴의 위치를 극복하고 우애의 공동체를 실천하였다. 사랑과 정의로 불의에 저항하였다. 또한 유동성과 공간성은 기념비적이다. 동아시아 지중해에서 이들이 경계를 넘어서 펼친 유동성은 이들이 생활세계에서 보인 공생 공락의 이념과 더불어 대안적 가치를 지닌다.[22] 사람과 자연이 공존하는 생명적, 생태학적 순환의 의미를 재인식해야 한다.

구모룡
문학평론가, 한국해양대 동아시아학과 교수. 『제유의 시학』, 『근대문학속의 동아시아』, 『폐허의 푸른빛』 등의 저서가 있음. kmr@kmou.ac.kr

---

22   이러한 유동성은 보다 근본적이다. 가라타니 고진, 윤인로 역, 『유동론』, 도서출판 b, 2019, 189-195쪽.

∞ 쟁점-서평

구술과 청취: 기록이 남는 순간

『억척의 기원』 최현숙, 글항아리, 2021

강희정

말이 말로서 제 기능을 다 하기 위해서는 필시 그 말을 들어
주는 이가 있어야 한다. 새삼 너무도 자명한 이 사실을 재차
확인하게 된 건, 얼마 전 부산의 한 명란젓 제조 기업의 생산
공장에서 종사하고 있는 여성 노동자 여섯 분을 모시고 인
터뷰를 진행하게 되면서였다. 20년이 넘는 세월 동안 명란젓
을 만드는 수산 가공업의 현장에서 종사해 왔지만, 그간 부
산의 수산 가공업 분야에서 꾸준히 비가시화되었던 여성 노
동자의 역사와 그들의 기술을 구술 인터뷰를 통해 기록하기
위함이었다. 그동안 다른 이의 인터뷰를 읽어본 적은 많았어
도 누군가를 상대로 인터뷰를 직접 진행하는 건 처음 있는
일이었다. 덕분에 잔뜩 긴장해서 인터뷰 전날 밤, 질문을 미
리 몇 가지 골라 잠들기 직전까지 몇 차례나 거듭해서 확인
하고 머릿속으로 시뮬레이션을 돌렸다. 하지만 그런 노력이

애석하게도 막상 인터뷰가 시작되고 나자, 공들여 준비한 질문지는 무용지물이 되고 말았다. 인터뷰란 구술자와 면담자 간 질문과 대답이 오가는 질의응답의 과정이 아니라 상대와 교감을 나누며 대화를 주고받는 의사소통의 과정에 더 가까운 것이었기 때문이었다.

구술 인터뷰는 구술 생애사 작업에서 가장 핵심적인 요소이다. 구술 생애사라는 것이 본래 '쓰기'를 통해 기록을 남길 수 있었던 소수의 특권층을 중심으로 이루어지는 기존의 역사(학)에 대항하여 문자로 기록을 남길 수 없었던 사회적 소수자들도 자신의 경험을 말함으로써 역사에 기록을 남기기 위한 대안으로 출발한 것이기 때문이다. 이는 다시 말해 소수자들에게 있어 역사에 기록을 남기고자 하는 욕망이 단순히 자신의 이름 석 자를 새기는 일에 국한되는 것이 아니라, 권리의 요구와 인정 투쟁으로 직결되는 문제와 다름이 없었다는 말이다. 그리고 이런 생사의 문제와 깊이 연루된 구술 생애사 작업에서 의사소통의 과정을 통해 이루어지는 인터뷰가 주축을 이루고 있다는 말은, 사회적 관계 속 상호 교류의 과정이 존재의 생존을 위해 중요한 역할을 맡고 있음을 의미한다. 그러니까 결국 구술 생애사 작업의 과정에서 실질적으로 역사의 '쓰기'가 이루어지는 때는 발화 내용이 기록되는 순간보다 차라리 구술자의 말이 청취 되는 순간에 있음에 더 마땅하다는 것이다. 그런 점에서 구술 생애사 작업은 '구술자가 무엇을 말하고 있는가'보다 구술자의 말을 '어떻게 들을 것인가' 하는 문제로 초점이 옮겨져야 할 터이다. 이는 구술자의 말을 해석하고 분석하는 일을 넘어서 해석·분석된 내용을 어떻게 받아들일지 이해와 수용의 문제와도 연결되는 것이다.

『억척의 기원』은 기본적으로 구술 생애사 작업(구술사 연구)에 그 뿌리를 두고 있는 책이다. 책의 저자이자 구술 생애사 작가인 최현숙은 역사와 사회로부터 소외되고 주목받지 못한 이들을 찾아 생애를 인터뷰하고 청취, 기록하는 일을 약 10년 전부터 지금까지 지속해왔다. 『억척의 기원』은 그런 그의 최근작으로 전남 나주 지역의 두 여성 농민운동가, 김순애와 정금순 여사의 구술 생애 인터뷰를 기록한 것이다. 김순애와 정금순, 두 사람의 60여 년에 달하는 긴 생애의 이야기를 담고 있는 책은, 이를 바탕으로 두 가지 층위에서 '억척의 기원'을 밝히며 두 사람이 살아온 삶 이야기를 들려준다.

먼저 첫 번째는 성격이나 성질에 관한 억척으로, 두 사람은 태어나고부터 자라 현재에 이르기까지 생애의 전 과정을 구술로 풀어내는 과정을 통해 달성되는 것이다. 이를테면, 두 사람의 인터뷰 곳곳에서 "나는 … 억척스러워"(35)라거나 "제가 책임감이 있어서"(305)라는 등 자신의 성격과 성질에 대해 직접적으로 억척스럽고, 독하고, 책임감이 강하다는 진술이 반복적으로 등장한다. 이는 자신의 경험을 말하는 과정에서 과거를 되돌아보고, 말을 듣는 상대에게 효과적으로 전달하기 위하여 이야기의 형태로 구조화하는 작업을 거치면서 스스로를 성찰하고, 자기가 어떤 사람인지 규명, 표현할 수 있게 되었다는 사실을 방증하는 것이다. 이는 구술이 가지는 특성이자 그로 인한 구술 생애사 작업의 의의와 연관되는 것으로, 스스로 억척스럽다 규정하고 그 계기와 원인을 밝히는 작업을 통해 역사적으로 역사 쓰기의 주체가 되기보다 대상화·타자화되는 위치에 머무르고 있었던 농촌(농민) 여성/노년 여성으로서 김순애와 정금순이 마침내 서술의 주체이자 삶의 주체로 승격되었음을 의미한다.

두 번째는 저자가 구술 내용을 다양한 역사적 맥락과 사회적 관계의 영향 아래에서 해석함으로써 사회가 규정하는 스테레오타입으로서 억척스러운 여성의 이미지를 해체하고 보편적 시각으로는 가늠을 수 없는 이들의 진실한 삶의 모습을 읽어냄으로써 억척의 기원을 추론하는 것이다. 실제로 한국 사회에서 '억척스러움'은 여러 매체를 통해 특정 계층의 여성을 재현하고 수사하는 데 빈번하게 사용되어 왔다. 대체로 누군가의 어머니, 할머니 혹은 아줌마(아주머니)로 호명되는 이들은, 농촌 사회의 특수한 조건에 의해 가정 내 돌봄 노동을 수행하면서도 동시에 가장(남성 생계부양자)에게 할당되어온 노동과 그 역할까지 함께 떠안아야 했던 여성들이다. 어떤 고난과 시련에도 굴하지 않고 사회 통념적으로 여성으로서 할 수 없을 것이라고(혹은 하기 힘들 것이라고) 여겨온 일들까지 억척스럽게 척척 해내는 이들은 노동의 개념이 철저히 젠더화되어 있는 한국의 사회 구조적 특성과 맞물려 전통적·사회적 여성성을 상실한 존재로 규정되기도 하지만, 그와 동시에 이들의 노동이 결국에는 가정(가족)을 수호하는 데 일조한다는 점에서 숭고한 모성의 상징으로 대변되기도 했다.

최현숙은 이러한 억척스러운 여성을 바라보는 사회의 보편적인 시각에서 벗어나, 오랜 시간 동안 사회가 규정해온 여성의 억척스러움을 '열정'으로 재해석한다. 억척스러움 대신 열정적인 힘을 지닌 주체로 거듭난 이들은, 기존의 보편적 억척스러운 여성상(像)을 견지하고 있으면서도 그저 가부장적 사회 규범 안에만 귀속되지 않고 경제 활동과 농민회 활동을 통해 노동의 기쁨과 보람을 주체적으로 추구할 줄 아는 사람이다. 예컨대 김순애는 결혼 생활을 하는 동안 처음 일을 시작하게 되는 계기는 생활비와 아이들에게 들어가는 교육비를 벌기 위한 목적이었지만, 점차 그 목적이 "집을 나가서 내 돈을 벌어서 독립하고, 내 하고 싶은 활동을 하"(156)는 게 더 좋고 신이 나기 때문이라는 이유로 전환된다. 정금순 역시 이혼 이후 홀로 두 자녀를 키우기 위해 세신사 일을 시작했지만, 아이들을 키워내는 보람과 함께 "순수

한 내 노동으로 해서 번 대가"(243)로 "자신감이 생기"(243)
게 되었다고 말한다. 전형적이고 평면적인 억척스러운 여성
인물에서 주체적이고 입체성을 띠게 된 것이다.

　이러한 해석이 가능했던 것은 저자가 구술자를 대할 때
기본적으로 공감을 통해 그의 삶을 적극적으로 이해하고자
하기 때문이다. 저자는 구술자가 이야기하는 경험과 유사한
자신의 경험을 떠올려 구술자와 동일한 입장을 가정하여 그
의 상황을 이해하고자 시도한다. 아버지와의 갈등을 겪었던
경험이나 전남편과의 이혼 등이 그것이다. 구술자의 이야기
를 듣고 그의 경험과 유사한 자신의 경험을 통해 저자는 구
술자의 입장이 되어 함께 공감하고 감정을 나누며, 자신의
경험을 토대로 진심 어린 조언을 해주기도 한다. 인터뷰가
아닌, 대화가 이루어진 셈이다. 이렇게 형성된 저자와 구술
자 간의 신뢰 관계는 구술자로 하여금 더 내밀하고 진솔한
경험으로 끄집어낼 수 있도록 만들어 보다 구체적이고 정확
한 구술 생애사 작업의 토대가 되어준다.

　그리고 이렇게 감정의 공유가 이루어지는 대화의 과정
을 통해 구술자들은 마침내 과거의 상처를 치유하는 단계로
까지 나아가게 된다. 김순애는 2018년, 1차 인터뷰가 진행
되던 때만 해도 술에 취한 아버지에게 가정 폭력을 당한 기
억으로 인해, "지금도 아부지라는 존재는 생각을 안"(13) 하
고, "생각도 허고 싶도 않"(13)다고 미움의 감정을 그대로 드

러냈다. 하지만 2020년, 2차 인터뷰에서 유년 시절의 기억을 보다 심도 있게 회상하며 자신과 같은 경험을 공유하고 있는 저자의 도움을 받아 젊은 날 아버지의 입장에 서서 당시 상황을 새롭게 바라보게 된다. 그럼으로써 김순애는 아버지를 용서하지는 못하더라도 "말을 하다 보니"(18) 잊은 줄로만 알았던 "아부지한테 이쁨 받던 시절"(19)을 기억해내고 유년 시절의 기억을 긍정적으로 전환시키는 데 성공한다. 정금순 역시 친정 가족들과 사이가 소원해진 이야기를 토로하며 제대로 다스리지 못해 아물지 않은 상처에 괴로워하는 모습을 보인다. 그렇지만 인생의 고난과 역경이 개인의 탓이나 운명, 팔자의 소관이기보다 사회 구조적 측면의 문제가 크다는 저자의 위로의 말을 들은 뒤, 상처와 마음을 다스리는 법을 터득하게 된다.

그러나 한 가지 의문이 드는 것은 책의 각 부의 마지막에 해설 격으로 덧붙인 후기에서 종종 드러나는, 해석이라기보다 일종의 평가로 보이는 몇몇 진술들이다. 가령, "이를 갈며 가부장제 속 아픔과 한을 토로하면서도 이에 대항하거나 깰 생각을 하지 못한 채 운명이나 팔자타령"(183)하는 모습을 "자가당착"(183)이나 한계로 한정해버리는 시각. 또는 결혼제도에 관한 주관적 관점 입각해 남편의 외도 행각에 분노하는 구술자를 두고 "외도를 안/못 하고 비난하며 사는 '갇힌 욕망'"(188)의 소유자로 바라보며 이를 안쓰럽고 안타

까운 것이라고 여기는 태도가 그렇다. 분명, 공감과 이해, 교감을 통한 돈독한 신뢰 관계 형성이 중요한 구술 인터뷰와 달리, 이를 분석·해석하는 과정에서는 구술자 및 구술 상황과의 거리두기가 필수적이다. 하지만 이를 감안하더라도 타인의 행동이 나의 입장에서 합리적인 것으로 받아들여지지 않는다고 해서 이를 안쓰럽고 안타까운 것이라고 함부로 판단할 수는 없는 것이다. 더욱이 그 대상이 가부장적 사회 체제 속 사회적 소수자/약자에 속한 이들일 경우 더더욱 그렇다. 이들의 경우 체제의 구조적 폭력과 차별에 의해 합리적인 판단력과 행위 능력을 박탈당[1]해 특권층 혹은 지배계급의 사람들보다 체제의 논리를 내면화하고 학습하기 쉬운 위치에 놓여있을 가능성이 높기 때문이다.

그런 점에서 구술 생애사 작업을 통해 궁극적으로 실현되어야 할 과제는, 이들의 삶의 내력을 통해 유의미한 결론을 내리거나 해결책을 제시하기보다, 더욱 다양한 삶의 궤적과 경로를 발견하고 이를 아우르는 작업이 되어야 마땅할 것이다. 이는 구술 생애사 작업의 대상으로 인식되는 사회적 소수자 및 주변적 존재들이 결코 나와 그리 멀리 떨어진 곳에 있지 않다는 사실을, 그리고 이들의 이야기가 개인적인 것으로서 특수한 것이나 결코 특별한 것은 아님을 인지하는

---

1   기시 마사히코, 정세경 옮김, 『망고와 수류탄』, 두번째테제, 72쪽.

일이기도 하다.

한국 사회에서 구술 생애사 작업이 발단하게 된 이론적, 학문적 배경은 뚜렷하다. 역사적 사건과 결부되어 은폐와 절멸의 위기 속에 가로놓인 이들을 시급히 되살리고, 그 존재를 입증하기 위한 역사적 증거 찾기 위함이었다. 하지만 이러한 역사적·사회적 소수자들이 실제로 실감하는 곤궁함은 '어디에도 나의 이야기를 말할 데가 없다'는 감각에 더욱 가까웠을 것이다. 이는 『억척의 기원』 속 김순애와 정금순, 두 사람의 인터뷰에서도 공통적으로 나타나는 발화이기도 하다. 그러므로 세상에 드러나지 않은 목소리를 길어 올리는 일은 이들의 이야기를 청해 듣는 일이 아닌, 이들과 대화를 나누는 일로부터 시작되어야 한다.

강희정
문학평론가, ㈜덕화푸드 인턴 / 〈백신이 되는 증언과 이야기 유물론 : 김숨론〉으로 2021 부산일보 신춘문예 문학평론 부문 등단

바이러스가 드러낸 다층적 시공간으로서의 중국 사회 모순

『**우한일기**』 팡팡 지음, 조유리 옮김, 문학동네, 2020

홍명교

코로나19 바이러스 대유행이 시작된 지도 어느덧 18개월째다. 세계는 여전히 팬데믹의 파고에서 헤어나오지 못하고 있다. 중국 후베이성의 중심 도시이자 수륙교통의 요지 우한에서 퍼지기 시작한 바이러스는 2021년 4월 23일 현재 누적 확진자 1억 4100만 명을 기록하고 있으며, 목숨을 잃은 사람도 307만 명을 초과했다.

지난해 1월 중순께 우한에서 놀랄 만한 뉴스가 전해지기 시작했을 때만 해도 이것이 이토록 전 인류를 뒤흔들고 지구의 역사를 바꿀 사건이 될지 아무도 예상하지 못했다. 유행 초기 그것은 단지 중국에서 벌어진 하나의 '해프닝'처럼 여겨졌고, '바다 건너 불구경'처럼 우리의 눈과 귀에 전달됐다. 하지만 빠르고 광범한 전염의 위력을 지닌 이 바이러스는 오늘날 각국 사회의 모순을 여실히 관통하고, 불평등

사회의 현실을 심화시키고 있다.

『우한일기-코로나19로 봉쇄된 도시의 기록』은 중국의 소설가 팡팡(본명 왕팡)이 대도시 우한이 봉쇄되고 집 안에서 외출이 금지된 두 달여 간 기록한 일기다. 하루하루의 기록에서 저자는 날씨와 풍경에 대한 묘사, 그날의 뉴스거리와 일화에 대한 설명과 그에 대한 자신의 감정을 있는 그대로 솔직하게 써 내려간다. 당시 저자는 중국의 대표적인 소셜미디어서비스인 웨이보 계정에 일기를 업로드했는데, 이는 순식간에 중국 사회를 흔들었다. 저자의 솔직하고 거침없는 문체 때문이다. 그는 자신을 "일개 개인이자 작가이고 시야도 넓지 않다"고 소개하며, 자신이 관심을 갖는 것은 "주변에서 일어나는 사소한 일과 사람들뿐"이라고 고백한다. 이런 소박한 용기는 작가 자신의 소설관의 반영이기도 하다. 그는 "소설은 늘 낙오자, 고독한 자, 쓸쓸한 자와 함께 한다"고 여기는 신사실주의파 작가이면서, 수년 전 루쉰문학상 심사 과정에 문제를 제기하며 "아첨을 하더라도 제발 정도는 지켜달라. 나는 늙었지만 내 비판 능력은 결코 나이 들지 않았다"고 비판했을 정도로 꼿꼿한 성정의 소유자이기도 하다.

그 덕분에 저자의 기록은 이 바이러스가 드러낸 사회 모순의 세계적 보편성만이 아니라, 오늘날 중국 사회의 공백과 상처를 적나라하게 보여준다. 저자가 60개의 일기를 통해 가장 통렬하게 비판하는 것은 초기 바이러스의 징조가 드러난 후 3주가 넘는 시간이 있었는데 후베이성과 우한시 정부가 이를 감추기에 급급했다는 사실이다. 실제 우한에서 '사스'와 비슷한 코로나바이러스가 발견되었다는 소식은 이미 2019년 12월 말에 대륙 변경에서 흘러나오고 있었다. 홍콩에서 처음 관련 보도가 나온 것도 12월 30일경이다.

한데 지방 정부는 바이러스의 존재를 감추려 했고, 유력 언론 역시 제대로 취재하지 않았다. 저자는 "우리가 지나치게 정부를 믿었다"며 인민의 각성을 촉구하는 한편, "(언론이) 좋은 일만 보도하고 나쁜 일은 숨긴다"고 비판한다. 당시 우한시장의 표리부동하고 무책임했던 모습을 날카롭게 질타하는가 하면, 침대에 누운 환자들을 향해 "공산당이 없다면 신중국도 없다(没有共产党就没有新中国)"를 합창하는 공무원들의 우스꽝스러움을 조소하기도 하고, 그러면서도 잘못이 단지 일부 관료들에게만 있지는 않다는 점을 누차 확인한다. 가령 그는 "중국인은 잘못을 인정하기 싫어하고 참회하는 마음도 거의 없으며, 심지어 죄책감조차 잘 느끼지 않는다"고, 일찍이 『아큐정전(阿Q正傳)』에서 봤음 직한 묘사를 늘어놓는다.

스스로 말하듯 저자는 전염병으로 인한 재앙이 단지 몇몇 사람들만의 잘못으로 벌어졌다고 여기지 않는다. 그는 그것이 오늘날 중국 사회가 안고 있는 '도덕성의 위기'가 폭발한 것이라고 본다. "우리에게서 드러나는 인도적 수준은 정말 입에 담기 부끄럽다!", "인민들이 죽든 말든 아랑곳하지 않는 사람들, 기증한다는 명목으로 물품을 모은 후에 인터넷에 내다파는 사람들" 등 한탄과 비판이 반복되는 것은 그 때문이다.

물론『우한일기』에 사회 현실에 대한 한탄과 절망만 기록된 것은 아니다. 목숨을 아끼지 않고 헌신하는 의료인들에 대한 이야기, 봉쇄 시기 우한 시민들의 생활을 뒷받침해 준 음식 배달부와 환경미화원 등 필수 노동자들에 대한 감사, 잘못을 반복하지 않기 위해서는 저자가 하는 것처럼 지난 과오를 폭로하고 잘못을 저지른 관료들을 처벌해야 한다고 여기는 지인들에 대한 소개 등 '희망'을 열거하기도 한다. 그러니 이 책은 당대 중국의 자유파 지식인이자 한 명의 '라오바이싱'(老百姓)[1]으로서의 솔직담백한 일기장이기도 한 셈이다.

하지만 이 책이 담고 있는 솔직함과 일상성에 대한 상찬만으로는 이 일기가 '진실'의 충실한 매개체라고 말하긴 쉽지 않다. 오히려 독자로서 우리는 몇 겹의 장막을 거쳐 지나가야 하며, 일기가 말해주지 않는 시공간에 대해 탐색해야 한다. 다시 말해 이 책은 오늘날 중국 사회가 각기 다른 시공간들이 중첩된 채로 '따로-또-같이' 존재하고 있다는 것

---

1 일반 서민을 지칭하는 말이다. 중국에서는 매우 빈번하게 쓰인다.

을 보여준다.

아날학파 역사학자 페르낭 브로델은 역사를 사건사, 사회사(conjoncture), 장기지속, 초장기지속 등 네 개의 차원으로 나누어야 한다고 역설한 바 있다. 봉쇄된 메트로폴리스 우한에서 쓴 팡팡의 일기는 이 네 차원의 시간이 중첩되어 있고, 동시에 다층적 공간으로 횡단한다. 문학계 엘리트인 저자가 30년째 거주하고 있는 중국문학예술계연합회(이하 문연)가 마련해준 사구(社區)²라는 실질적 주거 공간, 중국의 중남부 교통의 요지 '우한'이라는 대도시 공간, 29개의 성과 자치구로 이루어진 거대한 행정체계로서의 중국 사회, 봉쇄 시기 우한에서 벌어진 일들을 담은 '동영상들' 속 혼란에 빠진 도시 공간, 끝으로 극단적 애국주의자부터 저자를 지지하는 네티즌까지 아우르는 스펙트럼의 소셜미디어 공간이다.

저자는 문연 단지에서는 '안정'을 체감하지만, 단지 바깥에서는 여전히 불안하다. 그러니 전염병으로 봉쇄된 도시에서 단지 안과 밖은 완전히 다른 공간이다. 동시에 우한시 혹은 후베이성의 봉쇄 구역은 후베이성 바깥과 고립되어 있고, '베이징이 아닌 곳', '버림받은 지역'으로 묘사된다. 저자는 중앙정부가 '봉쇄'라는 극단적 조치를 시행해야만 했는지 의

---

2 사구는 현대 중국의 기초 행정단위이자 주거 공동체다. 한국어판에서는 '단지'로 번역되어 있다.

구심을 갖다가도 어느 순간에는 그것이 불가피하고도 필수적인 조치였다고 옹호한다. 팬데믹 시기 한 명의 라오바이싱일 뿐인 저자가 감정적으로 오락가락하는 것은 당연한 일이지만, 이것이 정치화될 때에는 다른 의미망이 발생한다는 점을 간과하기도 어렵다.

시간적으로도 『우한일기』는 몇 겹의 층위들로 구성되어있다. 무엇보다 이 책의 기본적인 골격은 코로나19 바이러스 유행 이후 하루하루의 시간이다. 더디게만 흘러가는 60여 일은 저자의 일상을 시간순으로 전개된다. 그것은 사건의 인과로 구성되어 있다. 봉쇄된 도시에서의 일상에는 여러 시간이 겹쳐지는데 하나는 혁명 이전의 대장정 역사로부터 시작해서 마오쩌둥 시기를 거쳐 개혁개방에 이르는 콩종크튀르(conjoncture), 청나라 중후기부터 개혁개방 이전까지 자본주의적 시초축적이 이뤄진 장기지속, 그리고 중국의 '수천년 역사'를 관통하는 초장기지속의 시간이다. 문화혁명(이하 문혁)이 한창 전개 중일 때 청소년기를 보낸 저자는 이 시기에 대해 매우 부정적인 인상을 안고 개혁개방을 찬미하지만, 개혁개방의 신자유주의적 지향이 낳은 사회 부조리와 불평등에 대해 일이관지하게 설명할 능력이 없다. 그 때문에 저자는 자신의 일기를 향해 비난을 쏟아내는 인터넷상의 극단적 애국주의자들을 '극좌'로 호명하는데, 이 부분은 중국 바깥의 독자들에게 혼란을 안겨줄 수밖에 없다.

중국에서는 '좌파'와 '우파'에 대한 규정이 타국의 일반적인 규정과 다르다. 개혁 정책을 지지하는 사람들을 '우파'라고 부르고, 마오주의를 신봉하는 사람들을 '좌파'라고 부르기 때문에 개혁개방 정책들에 대해 비판적이면서도 문혁에 대해서도 문제의식을 갖고 있는 사람들이나, 당초 문혁이 발생한 관료화된 사회주의 체제에 대한 문제의식에 대해선 반쯤 동의하면서도 정치적 민주화가 필요하다고 여기는 일종의 '민주사회주의' 경향의 자리는 존재하지 않는다. 따라서 이런 감추어진 맥락에 대한 설명이 뒤따르지 않으면『우한일기』속 저자의 언술은 국경을 벗어날 때 완전히 다르게 해석될 수밖에 없다. 하지만 오늘날 중국의 애국주의 네티즌들은 노동자들의 권익에 대해서는 무관심하며 단지 '애국'이라는 가치에만 광신적으로 집착할 뿐이다. 그런 점에서 이들은 문혁 시기 '극좌'와는 완전히 다르다.

한데 저자의 서술에는 중국혁명의 컨텍스트가 무의식적으로 스며들어 있기도 하다. 그는 여느 중국 지식계가 그러하듯 틈만 나면 대장정 시기의 서사를 인용하고, 저우언라이(周恩來) 등 언중의 사랑을 받았던 혁명 원로를 그리워한다. 아무리 문혁에 대해 비판적이었다고 해도, 문혁을 비롯한 개혁개방 이전의 인식 틀이 남아 있는 것은 감추기 어렵다.

이처럼 책 속에서 저자가 드러내는 각각의 공간과 시간은 그것을 교차하는 공통점과 차이점을 동시에 안고 있다.

라오바이싱의 정서와 교육받은 자유주의 엘리트의 국가관이 혼존하고, 내내 '정상 국가'를 열망하며, '인민을 위해 복무(为人民服务)'하는 정부와 관료 사회를 기대한다. 가령 그는 한 나라의 문명 수준에 대한 기준은 그 나라에 얼마나 높은 건물이 있고 군대가 얼마나 강한지, 과학기술이 얼마나 발달했는지가 아니라, "약자들에 대한 국가의 태도"라고 말한다. 그런 점에서 개혁개방 이후 자본주의적 발전의 욕망과 억압적 국가장치로서의 역할을 강화하는 중국 정부의 노선은 저자가 바람직하다고 여기는 태도를 견지하고 있지 못하다고 인식된다.

현실과 인식의 불일치에서 오는 혼란은 책에서 그대로 드러난다. 저자는 "우리가 지나치게 정부를 믿었다"고 여기면서도, 인구 900만 도시를 봉쇄한 결정이 극히 이례적임에도 "확실히 옳은 결정"이라고 판단한다. 기실 저자의 언어에서 남은 기준은 '인간됨'의 도리와 윤리 규범이 살아 있는 공동체 외에는 존재하지 않는 것처럼 보인다. 그는 오늘날 중국이 도덕의 위기를 겪고 있다고 본다.

하지만 도덕의 위기는 물질적인 역사성 역시 배경으로 하기 마련이다. 개혁개방 40년을 경과하면서 중국은 한편으로는 극심한 양극화 현상을 통과하였고, 다른 한편으로는 2억 9천만 명에 이르는 농민공의 양산을 낳았다. '세계의 공장' 중국의 번영을 이끈 농민공은 중국 사회가 겪고 있는 신

자유주의적 모순의 배후지로서의 역할을 강제받고 있고, 이에 따른 이데올로기적·사회적 갈등은 언론 자유에 대한 극심한 억압과 온라인 애국주의의 부흥으로 덧칠되고 있다. 그러니 저자가 놓치고 있는 핵심이 하나 있다면, 그가 고발하는 '현상'이 구조적이고 역사적인 모순이 해결되지 않은 채로 누적되어 왔기에 발생했다는 사실이다.

세월호 참사에서 한국 사회의 근본적 병폐를 확인했던 것처럼, 중국인들은 우한에서의 전염병 확산 과정을 통해 자국 사회가 안고 있는 구조적인 병폐를 목도했다.『우한일기』에서 세 차례에 걸쳐 등장하듯 서른넷의 나이로 목숨을 잃은 고(故) 리원량 의사는 2019년 12월 말 '사스'와 닮은 바이러스의 발견을 고발함과 함께 공안 당국으로부터 기소됐다. 며칠이 지난 1월 3일 우한시 공안부는 그에게 인터넷상에 유언비어를 퍼뜨리는 행위를 중지할 수 있는지와 위법행위를 계속할 경우 제재를 받을 수 있음을 인지하는지 묻는 '훈계서'를 들이밀었다. 황당한 일이지만, 일개 의사로서는 어쩔 수 없는 일이었다. 하릴없이 리원량은 "할 수 있습니다(能)". "인지했습니다(明白)"라고 서명했는데, 전염병 발발이 확고한 진실로 알려진 후 자신 역시 바이러스에 전염되자 그는 인터넷상에 이를 폭로하는 글을 올린다. 그리고 며칠이 지난 2월 7일 그는 부인과 다섯 살 딸을 남겨두고 세상을 떠난다. 사람들은 그가 인증한 훈계서를 전도해 "할 수 없다,

불명확하다(不能! 不明白!)"고 외치기 시작했다. 중국의 수많은 청년들이 다섯 글자가 적힌 종이나 피켓을 들고 릴레이 인증샷을 찍었고, 이 인터넷 침묵 시위는 중국 사회의 모순을 드러내는 사건이 됐다. "이 비극의 본질은 한 생명이 세상을 떠났다는 사실 자체만이 아니다. 그에 대해 말할 수 없는 슬픔이 있다. 나도 말하지 않겠다."

코로나19 바이러스 발병 초기 우한에서 벌어진 일련의 사건들은 중국 사회가 안고 있는 문제가 결코 단순하지 않음을 드러낸다. 당시 정부는 전염병이 퍼질 가능성을 주시하고 예방에 주력하기보다는 자칫하면 정치적 사건으로 비화될지도 모른다는 두려움 때문에 정보를 차단하기에 급급했다. 이로 인해 1월 23일 전염병 발발이 공식화되고 우한이 봉쇄되자 사회적 혼란은 가중되었고, 이 문제를 사회적으로 알리고 정보에 대한 시민의 접근권을 높여야 한다고 여긴 사람들은 정부로부터 통제와 탄압의 대상이 됐다. 『우한일기』 저자는 철저한 조사와 정보의 공개를 통해 재난을 방기한 이들을 처벌해야 한다는 입장을 갖고 있다. 이는 당-국가를 강력히 신뢰하는 애국주의자들에게 눈엣가시 같은 요구일 수밖에 없고, 이로 인해 저자는 봉쇄 기간 내내 저자를 갈등과 분쟁에 휩싸인다.

바이러스가 중국을 넘어 세계로 퍼져 '팬데믹'이 공식화된 것이 누구의 책임인지 따지느냐는 중요한 문제이기도 하지만, 분명 서구 선진국들은 전염병을 통제하는 것에 무력한 모습을 보였다. 최근 중국 정부는 이를 자기 체제의 우월성을 확신하는 근거로 활용하고 있다. 이와 같은 중국식의 동원 시스템은 시민들의 이동과 차단, 언론 등을 강력하게 차단함으로써 높은 효율성을 증명할 수 있다는 점을 보여준다. 나아가 중국 정부는 코로나바이러스를 계기로 보다 강력한 국가 통제 시스템을 구축해나가고 있다. 그런 점에서 저자가 '무인드론'을 통한 시민 감시나, 모든 국민들을 '녹색', '황색', '홍색'으로 분류해 이동 등을 차단할 수 있도록 하는 시스템[3]의 도입을 옹호하는 대목은 모종의 아이러니를 느낄 수밖에 없다. 결국 디지털 기술에 의한 강력한 통제는 한편으로는 전염병의 예방 조치와 같은 고효율 시스템을 안겨주겠지만, 다른 한편으로는 시민들의 자율성과 언론에 대한 억압으로 귀결될 것이기 때문이다.

『우한일기』는 오늘날 중국 사회의 '자유파'적 비전이 안고 있는 비전의 상실과 딜레마를 상기시킨다. 중국 내에서 자유주의 지식인들은 더 이상 서구식의 자유민주주의 형태

---

3   바이러스 통제를 위해 중국 정부가 도입한 지엔캉마(健康码)는 일종의 디지털 건강코드(Health Code)이다. 정부가 수집한 빅데이터에 기초해 행정구역의 경계를 넘나들 때 사용된다. 개개인의 이동경로나 건강 기록 등을 모두 국가가 수집하며, 시민을 통제할 요소로 활용한다. 문제는 코로나 바이러스 발발이라는 특수한 시기에 도입된 이 시스템이 그것이 종식된 후에도 지속될 가능성이 매우 높다는 점이다.

로의 발전을 말할 수 있는 비전도 설득력 있는 사유도 보여 주고 있지 못하다. 전염병 발병 초기에 중국 사회가 경험한 혼란과 구조적 모순에 대해서 설명할 수 없다면, '민주'의 당위 역시도 점차 설 자리를 잃게 될 것이다. 문제는 전염병이 아니라 다른 곳에 있다. 중국 역시도 불평등이나 빈곤, 노동자들의 대량 실직과 경제난 등 다양한 사회적 문제들을 안고 있는 상황에서 심화되는 사회적 모순과 갈등을 언제나 강력한 국가 통제만으로 봉쇄할 순 없기 때문이다. 그런 상황이 재차 발생하고, 혼돈이 가중될 때 '말할 수 없는' 사회는 더 강한 억압 말고는 출구를 갖지 못한다. 그것은 주체성을 상실한 무권리의 주체들의 국가공동체에 불과할 뿐이며, 사회주의의 지향과는 더욱 거리가 멀다.

그럼에도 『우한일기』의 미덕은 정직한 고발을 소명으로 여기는 저자의 소시민적 의지에 있다. "후대에 알려야 한다. 우한 사람들이 무슨 일을 겪었는지"라는 다짐을 통해 우리는 그의 절박한 진심을 느낄 수 있다. 문제는 국경 너머, 다른 사회에 살고 있는 독자들로서 '복수의 중국들'에 대한 깊은 이해와 탐색을 하려면 보다 능동적이지 않으면 안 된다는 데 있다.

홍명교

한국예술종합학교 영화과 연출전공 졸업 후 금속노조와 사회진보연대 등에서 상근 활동하였고, 2018년부터 베이징과 광저우, 홍콩 등의 노동운동가들과 교류해왔다. 중국 다큐멘터리 〈흉년지반〉과 〈쌴허에는 사람이 있다〉를 번역해 국내에 소개하기도 했다. 매월 사회운동 교육·비평단체인 플랫폼c와 여러 언론 지면, 강연 등을 통해 동아시아 사회운동 현황을 국내에 소개하고 있다.

내장풍경론

『**남아 있는 날들은 모두가 내일**』 안상학, 걷는사람, 2020

김만석

걷기의 초보는 풍경을 제대로 보지 못한다. 걷기에 급급하기 때문이고 자신의 몸이 일으키는 비명을 감당하느라, 여유가 없기 때문이다. 따라서 걷기는 풍경이 아니라 관절과 피부, 내장을 경험하는 일이다. 만약 풍경이 보인다면, 그것은 내장과 관절을 경유한 신체-풍경이다. 나는 이런 풍경을 내장풍경이라고 말하고 싶다. 풍경은 단순히 의식적으로 보는 것이 아니고, 내장기관의 도움을 통해 접촉하는 것이거나 오직 내장기관의 긴밀한 협력을 통해서만 전개될 수 있을 뿐이다. 걸으면서 보는 풍경은 내장과 겹쳐진 풍경일 수밖에 없다. 이런 풍경들은 걷는 신체를 흡수해 소화하며 양분을 상호적으로 교환할 뿐만 아니라, 재생산 에너지를 할당한다. 풍경이 걷기가 종료된 이후에도 다시 경험되는 것은 바로 이런 에너지 덕분인 셈이다. 종료된 풍경을 다시 걷는 것은 동일한 경험의 반복이 아니다. 통상적으로 그때의 풍경을 떠올릴 때 내장의 개입이 부분적이거나 거의 이루어지지 않기 때문이고 더불어 그 신체/내장이 놓여 있는 풍경과의 상호작용이 이루어지기 때문이다.

걷기의 초보만 그런 것이 아니다. 내구력이 쌓이더라도 초보를 벗어날 수 없으며 주어진 세계와의 긴밀한 상호작용으로 풍경은 가시화될 수 있다. 가령, 어떤 걷기를 통해 마주친 풍경을 떠올릴 때, 1인칭의 시점으로 '기억'되지 않고 마치 3인칭처럼 풍경이 떠오르는 것은 걷기를 통해 주어진 대상과 에너지를 교환하면서 다른 신체가 되었기 때문에, 그것을 1인칭으로 떠올리지 않는 것이다. 어떤 풍경을 본 기억이나조차 3인칭으로 만들면서 어떤 장소에 놓이는 것으로 떠올리는 것은 그 풍경을 초월적으로 가시화하기 때문이 아니라, 내장(실제적인 내장과 관절, 신경, 감각기관)과 풍경이 상호작용함으로써 다른 신체가 그 풍경을 보았기 때문에 가능한 기억이다. 시각적 감각만을 특권적으로 다룸으로써 발전한 서구회화와 달리 걷기를 통해 이루어진 내장풍경을 외면하지 않은 한국(동양)회화가 여러 '시점'을 하나의 화폭에 담아낸 것도 우연이 아니다.

그러므로 걷기에서 이루어지는 헤아릴 수 없는 마주침이 기억으로 다시 솟구칠 때, 이것은 의식작용이 아니라 소화작용이라고 할 수 있다. 소보다 더 자주, 빈번히 되새김위를 작동시키는 것은 그 과정에서 삶의 재생산을 위한 자양분을 얻기 때문이고, 신체는 이를 통해 지속가능한 에너지를 소화해 에너지원으로 전환한다. 또 세계는 이런 에너지를 다시 신체와의 상호작용을 통해 일정부분 돌려받아 지속되고 유지될 수 있게 된다. 그런 점에서 기억뿐만 아니라 상기나, 환기도 소화작용으로 신체와 세계를 건사하는 메커니즘이라고 할 수 있다. 물론 되새김질조차 되지 않는 경우도 없지 않다. 과식이나 거식이 소화불량이나 구토, 설사, 변비로 이어지는 것과 마찬가지로, 스펙터클한 이미지의 풍경과의 마주침에서는 상호적인 소화작용이 이루어지지 않는다. 달리 말해, 신체와의 교섭이 아니라 주입이나 강제가 이루어지는 경우, 신체와 세계는 차라리 고사한다고 해도 좋을 것이다.

앉아서 이루어지는 의식의 여행이 아니라 삶의 걷기가 생명의 유지와 지속에 필수적인 것은 이 때문이다. 큐브 공간에 정박해 신체의 응답을 은폐하는 시각적 이미지체제에서 생산되는 테크놀로지가 '자아'의 문제만을 다루는 것도 우연이 아니다. '나'의 몸이 아니라 '너'의 몸은 디지털신호가 되거나, 게임에서는 '몹'으로 등장해 제거해야 할 대상이 되기도 하는 것을 보라. 이와 달리 걷기의 과정에서 여러 사람과 마주칠 때, 우리의 내장은 겹쳐지고 뒤섞이게 된다. 그곳에서 다른 풍경과 마주하더라도, 함께 섭취하고 나눔으로써 공통 내장풍경을 구축한다. 거기에는 나만 있었던 것이 아니고, 그 풍경을 기억으로 되새김질할 때, 그것은 다른 존재와 함께 마주친 것의 최소한의 결과라는 의미이다. 달리 말해, 혼자서만 본 풍경은 가능하지 않다는 말이기도 하다. 마치 '생명'이 신체와 죽음의 협업을 통해서만 등장할 수 있는 것처럼, 풍경은 언제나 내장풍경일 따름이다.

따라서 어떤 풍경의 생성을 우리는 공통 내장기관의 연결을 통해서만 구성할 수 있다. 이는 공통 내장풍경이 일원적인 것이 아니라 언제나 복수적이고 관계적이라는 사실을 의미한다. 그러니까, 공통 내장풍경은 특이성의 기반이다. 각자의 소화력에 따라, 이력에 따라 그리고 걷기의 속도와 방향에 따라 각각의 신체가 내장풍경을 공통적인 기반을 통해 다르게 생산하는 것이다. 이러한 생산을 생성이라고 고쳐 말할 수 있다면, 내장풍경은 미래를 '약속'하는 풍경이라고 할 수 있다. 안상학의 시집 『남아 있는 날들은 모두가 내일』은 걷기를 통해서 마주하면서 생성된 내장풍경들 그리고 그 속에서 자신의 몸이 아니라 신체들의 마주침들이 이루어낸 (내장)주름들을 하나씩 펼쳐 놓는다. 시 속에 등장하는 화자가 '본다'고 말하면서도 보이는 것들과 함께 자신도 보여지고 있는 것은 '자아'로 환원할 수 없는 내장풍경의 속성에서 연원한다.

안상학은 독백으로 읊조리는 게 아니라, 통상적으로 시각적 감각에서 부재하다고 판단되어 은폐된 내장기관과 다

른 신체들과 더불어 보는 일을 홀로 보았다고/보였다고 말
하지 않는다. 차라리 내장풍경을 드러내는 데 주력한다. 이
를 위해 우선 그는 걷는다. 시집 전체는 걷기를 통해 얻은 것
이다. 자신의 이력조차 걷기를 통해서 되새김질하는 방식으
로 이루어져 있다. 「바닥행」이나 「정선행」, 「마음의 방향」,
「당신 안의 길」은 이를 제목으로 직접적으로 드러내지만, 그
외의 시들도 걷기와 무관한 것이 거의 없다. 거주지 안동과
어우러진 시들에서부터 이력이나 가족사를 다룬 시들, 4.3항
쟁의 제주에 몸을 바꾼 시들, 고비 사막에서 또 다르게 얻은
몸 그리고 그 과정에서 얻은 몸들을 다시 풀어놓는 시들을
펼쳐놓는다. 이 시편들에선 자신의 속내나 내밀한 고백이 나
타나지 않는다. 새로운 몸으로 생성되는 순간들이 가득 등
장한다.

> 그의 가슴속에서 내 가슴속으로 이장한 말무덤
> 유언을 집행할 파묘의 날을 기다리는 한 문장
>   -「언총」 부분

그에게 말은 저 마음(몸)에서 이 마음(몸)으로 이행한 것
이다. 이 말은 저 마음(몸)에 있던 말과 동일한 말이 아니다.
"세상에서 가장 간단 명료한 문장/ 누구나 한번 들으면 가
슴부터 내려앉는 문장"이고 "내 죽거든 나를 대신해서 세상

에 이야기해주"기를 바라지만, 저 말이 이 마음(몸)으로 이행하는 순간, 파묘하는 날에 도달해서도 그 말과 같은 말을 할 수 없게 된다. 나의 마음(몸)에 들어온 말은 들어올 때와 이미 같지 않은 말이다. 그러므로 시는 그에게 "언총"(말무덤)이다. 아니, 시와 시집이 말무덤이라는 진단이 중요한 것이 아니다. 시가 생성되는 과정이 더 중요하다. 그는 말을 의식의 형태가 아니라 '비-물질적인 것'으로 간주한다. 일반적인 '물질'이 아니지만, 일종의 신체성을 갖는다고 본다는 점에서 그러하다. 마음에 묻는 일은 '기억'하기와 달리 신체적 현상을 동반해야만 한다. 4.16 이후 자식을 마음에 묻어야 했던 사람들, 혹은 함께 묻어야 했던 사람들을 떠올리는 것만 해도 충분하다.

그러므로 안상학의 시는 시적 유물론의 지평("바다")을 이룬다. 특히 사적 삶의 이력은 물론이거니와 근현대사의 통증이 역사적 과거로 남겨진 게 아니라, 동시대의 내장풍경으로 이루지는 순간을 드러낼 때, 시적 유물론의 경지로 받아들이게 만든다. 가령, "먹다 남은 죽도 아니고/ 먹다 남은 식은 밥덩이도 아니고/ 죽다 남은 사람들/ 살아남은 사람들도 아니고 죽다 남은 사람들 (중략) 따라 죽지 못하고 살다 남은 사람들/ 살다 남은 사람들/ 살다 남은 사람들// 그 어떤 언어로도 그 고통을 증언할 수 없다는/ 언어절의 가슴을 쥐어뜯으며 살다 남은 사람들"(「언어절」)로 이어지는 흐름은 대규모 학살이 벌어진 1948년 제주와 그 이후의 제주라는 신체를 삶과 죽음이라는 서로 다른 신체의 겹침으로 나타난다. 즉, "죽다 남은 사람들"은 그로 하여금 "뼈저리게" 만든 "말"이고 이를 밑천으로 그의 신체적 변용에서부터 동시대 제주라는 신체의 변용이 연거푸 생성된다.

이런 변용은 「리미오」나 「고강호」에서 제주 사람들을 통해서 이루어진다. 이들은 모두 국민국가의 바깥에 있는 "재일조선인"이고 살아 있으되 되돌아오지 않는 존재들이다. 시적 화자는 그들의 이력을 들으며 다른 존재로 이행하게 되는데, 그들을 통해서 말함으로써 그들의 곁에 서는 것으로 가능하게 된다. 우리는 그의 목소리로 시를 읽지만, 그 목소리는 하나의 목소리일 수 없는 것이다. "리미오"나 "고강호"라는 인물과 시적 화자는 겹쳐져 그것이 정확히 누구의 목소리인지 확정할 수 없도록 만든다. 즉, 안상학의 시를 발화할 때마다, 시적 화자가 마주친 가족이나 선생, 친구들뿐만 아니라 역사적 되새김들이나 기억들, 자연과 산새와 꽃들이 더불어 발화하고 있다고 해야 할 것이다. 요컨대 한 입으로 두 사람 이상의 말들이 한꺼번에 쏟아져 나오는 셈이다. 이는 언어적인 층위에서만 나타나는 것은 아니다. 시집의 첫번째 시에서 이에 대한 명확한 태도를 드러낸다. "풍경의 역방향"(「바닥행」)이 그것이다.

"역방향"은 다른 방향에서 가시화한다는 가시화되지 않

았던 존재를 드러낸다는 의미가 아니다. 오히려 안상학에게 "역방향"은 상호작용으로 이해되어야 한다. 일방적으로 '보는' 위치는 안상학의 시에서 나타나지 않는다. 그리고 내가 '보인다'는 차원을 강조하는 데 머물러 있는 것이 아니다. 보는 일은 언제나 상호작용을 통한 변용이라는 사실을 놓치지 않는다. 보는 것과 보이는 것이 모두 의식적이라면, 철저히 안상학은 변용(이행과 되기)을 중요한 시적 원천으로 이해한다고 바꾸어 쓸 수 있다.「좌수 박창섭」에서 오른쪽이 마비된 박창섭의 신체에 대한 반응은 철저히 상호작용으로 이루어진다. 즉, 상호작용을 통한 새로운 신체성은 다음과 같다 : "그가 왼손을 내민다. 나의 왼손이 맞잡는다. 비로소 왼손이 심장에 더 가깝다고 이해한다. 그가 글씨를 쓸 때 나는 건너편에 서서 바로 해독한다. 내 오른손이 절로 따라가며 임서를 한다. 내 왼손은 묵묵하다. 그의 왼손이 붓을 놀릴 때 그의 오른손은 허공을 짚고 정지해 있다."(「좌수 박창섭」)

이 때문에 "식모 살던 동생이 남몰래 끓여 준 라면 한끼 훌쩍이던 식탁"을 "갈 수만 있다면 가고 싶은 골목"(「북녘 거처」)으로 꼽을 때, 그는 기억을 의식으로 떠올린 것이 아니라 되새김하는 신체로서 생성한 것으로 읽어야 한다. 이 되새김의 자리에는 여동생과 식탁과 라면과 훌쩍이는 자신이 공동거주하고 있음은 두말할 필요가 없다. 독점되지 않는 기억은 완전히 소화되지 않은 기억이고, 이는 되새김위를 통해 반복적으로 씹어야 하며 또 지금, 여기의 나와의 마주침을 통해 거듭 변용되고 변용할 것이다. 달리 말해, 이런 생성의 연속적 흐름이 '미래'를 '약속'하는 것이라면, 처절하게 제주와 제주의 자연과 그 속에 살았던 사람들과 더불어 말했듯이 "살다 남는"다고 해도 미래가 도착할 수 있을 것이다. 5.18 당시 전남대 학생들이 '약속'을 통해 항쟁의 내일 그리고 광주의 내일을 도착하게 만들었던 것처럼 말이다.(김상봉, 『철학의 헌정』, 도서출판 길, 2015)

다만 안상학의 시에서 이루어지는 시적 유물론은 상처와 고통이 필수적이라는 것을 놓쳐서는 안 된다. 생성은 하나의 방향으로만 지향하지 않는다. "내 몸의 가장 먼 곳이 아픈 것은/ 내 마음의 가장 먼 곳이 아픈 까닭"으로 진단하는 것처럼, 먼 거리에서 아픔이 도착하기도 한다. 「간고등어」, 「안동식혜」, 「헛제삿밥」으로 위가 든든해질 수도, 고통에 위를 부여잡는 내장풍경으로 휘말려 들어갈 수도 있음을 놓쳐서는 안 된다. 그럴 땐 증오나 혐오가 아니라 안상학이 변용한 신체로서 시를 만나보는 일이 필요할지 모른다.

　　　옛사랑 보고 싶을 땐 정선 가야지
　　　여량 어디 골지천 만나면 물어나 봐야지
　　　어떻게 흘러가면 송천도 만나고 오대천도 만나는지
　　　나는 왜 흘러가면서 자꾸만 사랑과 헤어지는지

정선 숨어드는 아우라지강에게 물어나 봐야지

정선 떠나는 아우라지강에게 물어나 봐야지

-「정선행」부분

김만석

역사적 '바다'와 '해안선', '군도'에 대한 연구를 진행 중이다. 이 과정에서 만난 혁
명, 항쟁, 봉기들을 가시화하기 위해 애쓰고 있다.

금기를 넘어와 분단에 갇힌

『**절박한 삶**』전주람 · 곽상인, 글항아리, 2021

정영선

1.

『절박한 삶』에 나오는 다섯 명의 탈북 여성은 내가 하나원에 근무하면서 만난 성인반 교육생들이다. 청소년반을 담당했기 때문에 성인반 수업을 한 적은 없지만, 그들은 청소년반의 학부모였고 같은 건물의 기숙사에서 생활했으며 운동장과 체육관에서 함께 운동을 했다. 이들은 12주간의 하나원 교육을 마치기 전에 정착할 지역을 선택하고 퇴소 전날 주민등록번호를 받는다. 드디어 대한민국의 국민이 된 것이다.

　하나원을 퇴소한 뒤 탈북민들은 어떻게 살까? 늘 궁금했다. 간혹 만나기도 하고 전화도 하지만 이렇게 많은 사람을 만나는 건 『절박한 삶』이 처음이다. 탈북민의 수가 3만명을 넘었지만 일상에서 그들을 만나기는 쉽지 않고 혹 만나더라도 그 사실을 알 수 없는 경우가 많기 때문이다.

저자는 북한 이주민 사업을 5년째 하고 있는 복지관 관장과의 개인적인 인연으로 이 여성들과 인터뷰를 한다. 인터뷰는 2014년 11월~12월에 있었으며 이를 토대로 2016년 논문 「북한이탈여성들의 심리사회적 자원에 관한 질적 사례연구」를 발표했다. 그 후 '대중과 담론을 형성해 이들의 삶을 가까이에서 살펴볼 목적'으로 구술 채록을 중심에 둔 『절박한 삶』을 출간한다. 이 책에서 저자는 단순한 채록자가 아니라 서술자의 입장에서 이 여성들에 대한 인상, 탈북과정에서의 고통과 상처에 대한 공감, 남북의 문화 차이와 이질감 등을 표현한다. 그뿐 아니다. 저자의 사회적 위치를 드러냄으로써 서술의 신빙성을 높이는 효과도 가져왔다. 박사학위를 받은 후에도 임용되지 못한 자신의 처지와 뚱뚱한 몸과 다이어트 실패와 같은 진술을 예로 들 수 있을 것이다. 이처럼 북한이주여성의 이야기만 일방적으로 보여주는 게 아니라 인터뷰를 하는 저자의 모습도 독자에게 보여주는 이중의 장치를 마련한 건 탈북 여성들의 이야기를 어떻게 효과적으로 전달할 것인가에 대한 고민의 결과였을 것이다.

2.

5명의 탈북여성 대부분은 중국에서 생활을 하다(주로 동북3성 지역일 것이다) 한국행을 선택했다. 중국에서 생활하지 않고 한국으로 온 김미숙 씨의 경우도 중국으로 도강한 지인의 말을 듣고 탈북을 결심한다. 소개부터 해야겠다.

1. 이수린(56세): 1998년 중국으로 건너감. 2004년 한국에 정착. 북한에서 탁아소 교사를 함. 탈북 중 강제 송환되어 14개월 구류를 삶. 현재 보험회사 영업사원.

2. 백장원(58세): 2000년 중국으로 건너감. 2번의 강제 북송 후 2004년 남한 정착. 북한에서는 상록관리소 관리원(공무원)으로 근무함, 부친의 고향은 경남 청도. 중국에서 한국 TV프로그램 〈6시 내고향〉을 보고 아버지 고향에 꼭 가봐야겠다는 생각을 함. 탈북 중 강제 송환된 딸의 행방은 여전히 모르며 아들은 3년 후 한국으로 옴. 현재는 손자를 돌보고 있음.

3. 원민형(42세): 여군 출신. 1998년 제대 후 한 달 만에 중국으로 건너감. 인신매매 형태의 결혼 후 딸 출산. 2006년 중국 호적을 샀고 장춘에서 한국어 시험을 보고 합격해 비자를 받음. 그 후 한국을 오가다 2011년 한국에 정착. 대학에서 사회복지학을 공부하고 있으며 보험영업을 함. 중국에서 출산한 딸과 함께 생활하고 있음.

4. 마현미(50세): 2000년에 중국으로 건너감. 남편이 도강으로 체포된 이후 일주일 만에 돌아오겠다고 약속하고 강을 건넜지만 돌아가지 못함. 2005년 한국에 정착. 현재 몸이 아프며 혼자 살고 있음. 북의 가족에게 끊임없이 송금을 함.

5. 김미숙(50세): 청진 출신. 북한에서 탈북을 결심하고 중국 캄보디아를 경유하여 2004년 한국에 정착. 딸은 명문대 재학 중.

    청진에서 온 김미숙 씨를 제외한 나머지 사람들은 중국에 밀입국 후 언제 붙잡힐지 모르는 불안정한 신분으로 지내다가 한국에 왔다(인터뷰 당시 한국 생활이 10년쯤 된 사람들이다). 그중 이수린 씨와 백장원 씨는 북한으로 강제송환, 구류소에서 1년 혹은 14개월을 보내기도 한다. 이수린 씨는 오징어를 머리에 이고 강을 건넜다. 마현미 씨는 밤이면 중국 불빛이 보이는 국경지대에 살았고 청진에서 살다 온 김미숙 씨는 무릎까지 오는 강을 건넜다. 대부분 먹고살기 위해 강을 건넜으며 중국에서 식당일을 하면서 세상에 눈을 뜬다.
    한국에 자리를 잡은 후 가족을 부른다. 백장원 씨는 아들을, 원민형 씨는 중국에서 출산한 딸을 불렀고 이수린 씨는 먼저 온 남편이 불렀다. 마현미 씨는 아들을 오라고 했지만 아들이 남한에 오고 싶어 하지 않는다. 마 씨는 한국으로 오지 않겠다는 가족들을 위해 몸이 아프도록 일을 해서 송금을 한다. 대부분 중국행 혹은 한국행을 거부하는 남편과 이혼하게 되지만 이수린 씨는 북한에서 온 남편이랑 살고 있다. 이 씨는 하나원을 나온 후, 북한에서의 탁아소 근무 경험을 살려 개인집에 애 봐주러 갔지만 북한 말씨 때문에 면접에서 탈락했는데 이후로도 말씨 때문에 직장을 구하는 일이 어려웠다. 인터뷰 후 저자는 소설가라고 소개한 이 씨 남편의 책을 한 권 받았는데, 문단의 앞칸 들여쓰기가 들쭉날쭉하고 내용상으로는 문장이나 어휘선택이 잘못됐는지 가독성이 떨어졌다. 원민형 씨의 딸도 마찬가지이다. 인터뷰를 모두 마친 후 저자는 이들과 함께 북촌 관광을 했다. 이때 원민형 씨의 딸도 동행했다. 관광을 마치고 단체 사진을 찍는 시간에 전봇대 뒤로 숨던 아이는 찻집에서 무릎을 꿇고 어른들의 잔에 차를 채웠다. 이 씨 남편의 책처럼 열 살 아이의 행동도 낯설고 불편하다. 이러한 점은 인터뷰 전에 원예 프로그램에서 만난 탈북여성들의 행동에서도 나타난다.

이들은 정부에서 배정한 11평 아파트, 거실이 없는 방 두 칸의 아파트에 산다.(경제적 여유가 있으면 다른 곳으로 이사를 해도 된다.) 한국에서 태어나고 성장한 사람도 하기 어렵다는 보험영업을 2명이나 하고 있다는 게 놀라웠다. '미친 듯이 쉬지 않고 식당이나 행사장으로 일을 하러 다녔다'는 마현미 씨는 아파서 꿈쩍도 못 하고 있고 손주를 봐주는 백장원 씨는 건강을 챙기는 게 최우선이다.

북한에서의 경험과 탈북 경로는 달라도 이들은 현재는 서울시 강서구 방화동에 거주하면서 그곳 복지관을 통해 필요한 정보나 강의를 듣고 있다. 이 인터뷰도 그중 하나인 것 같다. 회수는 3회이며 1회에 2시간, 3만 원 정도의 수당이 지급된 듯하다. 인터뷰는 서울 강서구의 방화6종합사회복지관과 저자의 개인연구소인 가든가족연구소에서 진행되었다.

다섯 명이 3차례씩 하는 인터뷰는 엄청 수다스럽다. 인터뷰를 하는 사람과 그 대상자의 말이 꼬리를 물고 이어진다. 건강과 요리, 다이어트, 자신의 성격 등이 쉴 새 없이 이어진다. 다들 그렇듯이 이들 중 누군가는 내성적이고 예민하고 누군가는 강하지만 눈물이 많다. 자신이 제일 중요하다는 분도 있다. 그래야 자식에게도 도움을 줄 수 있다는 말이다. 끝없이 이어지는 수다는 뭔가를 가리기 위한 것 같기도 하고 반대로 인터뷰를 하는 저자를 탐색하기 위한 것 같기도 하지만 선명하지는 않다. 일부러 탈북민의 예민한 사정을 가렸을 경우도 있고 (이름은 당연히 가명이겠지만) 북한에서 살았던 장소와 탈북과정(두만강인지 압록강인지조차도) 역시 구체적으로 보이지 않는다. 저자는 구체적인 정보는 감추는 대신 이 여성들의 아픔과 상처에 빠르게 반응하고 공감하며 이야기를 끌어낸다.

인터뷰의 목적은 북한이주민들이 지닌 심리사회적 자원, 용기 끈기 인내 등을 끄집어내고 그것의 강점을 찾는 데 있다.(p.72) 그래서 마음 아픈 이야기를 더 듣고 싶지만 연구의 핵심 주제로 넘어간다.(p.166) 이 주제를 위해 저자는 몇 가지 질문을 공통적으로 한다. 사람마다 보석 같은 거를 하나씩 갖고 있지 않을까요? 어머니 성격의 장점을 듣고 싶어요. 나라는 존재를 동물에 비유했을 때 뭐가 떠오르세요? 현미경으로 어머니 마음 안을 들여다본다면 어떤 것들이 있을까요? 어머니는 스스로 어떤 사람이라고 소개하실 수 있나요? 와 같은 것이다. 책을 읽으면서 같은 질문을 내게도 던져보았는데, 몇 번 생각해도 답을 하기가 어려웠다.

저자는 인터뷰를 분석한 후, 이들 북한이주여성의 심리사회적 자원을 자기보호, 자기극복, 자기존재인식으로 세분하였다. 자기보호 수단으로는 자기애와 가족애, 이웃들과의 물자 공유, 원만한 인간관계를, 자기극복의 수단으로는 억척스러움, 성실과 노력, 수다, 내려놓기, 감사와 낙천성 등을 심리적 자원을 활용했다고 설명한다.

3.

북한에서의 삶과 탈북경로 등은 다양하지만 한국에 대한 인식에서는 큰 차이가 없다. 대한민국 참 감사한 나라죠. 노력한 만큼 돈도 벌 수 있고 얼마나 좋습네까?(이수린) 저는 한국 가서 잘살고 아니고를 떠나 주민등록증을 받는 게 첫째고 둘째고 목적이었어요.(백장원) 대한민국에서 태어나게 해준 것만도 부모님한테 감사하게 생각하고 잘해야 한다고 생각해요.(마현미) 법과 체제가 중요한데 다른 나라는 언론의 자유라든가 행동의 자유라든가 이런 게 다 돼 있잖아요. 기본적으로 북한은 인간이 인간으로서 누릴 수 있는 것이 말살되어 있다고 봐야지.(백장원) 이 집이 11평이잖아요. 조카애가 중학생 때 여길 왔어요. 이모, 그렇게 잘산다는 게 무슨 집도 조그마하고 이래요. 야 집이 크면 잘산다는 게 아니다. 여기는 돈만 있으면 먹고 싶은 거 밤중에라도 나가서 사 먹고 옷도 마음대로 사 입고 부산도 가고 전라도도 가고 내 수중에 돈만 있으면 다 놀러갈 수 있다고.(백장원) 자유스러워서 좋죠. 내가 어디로 쏘다녀도 뭐라 안 하고. 언어의 자유 그게 너무 좋고 숨어 다니지 않아도 된다는 게 좋고.(원민형) 여기서는 날마다 감사하게 사는 것 같아요. 북한은 잘 먹는 날이 명절인데 여기는 내가 먹기 싫어서 안 먹잖아요.(마현미) 휴지가 있는 화장실과 자동차들이 달리는 밤거리를 보고 감동하고 등산로가 잘 가꾸어진 뒷산을 오르며 행복을 느낀다. 어디든 갈 수 있고 무슨 말을 해도 되는 대한민국의 자유가 북한에서는 몰랐던 자유를 준다. 대한민국에 와서 가장 좋은 건 자유들이다.(원민형) 어떤 사람들은 그러더라고요. 북한에서 이렇게 와가지고 아무 거도 없이 사는데 잘 사는 사람에 비하면 부족하다고 많이 느껴지지 않나, 자존심도 상할 거라고 묻는데, 그런 거는 한번도 못 느껴봤어요, 그 사람이 그만큼 노력해서 사는 거고 나는 나대로 이때까지 못 벌었으니까 이만큼 사는 거고.(백장원)

북한이주여성들을 통해 남한에서 태어나고 자란 사람들은 잘 느끼지 못하는 우리사회의 장점을 발견하는 건 의미 있는 일이다. 우리가 당연시하는 이동과 거주의 자유가 허가를 받아야 한다는 사실 하나만으로도 억압적인 북한의 체제를 알 것 같기도 하다. '인간이 인간으로서 누릴 수 있는 것이 말살된 나라'에서 온 이들에게 눈에 보이는 억압과 보이지 않는 억압(자본이나 여유)을 비교 설명해야 할까. 일한 만큼 받아서 좋다는 이들에게 일만 해서는 작은 아파트 한 채 사지 못하는 우리 사회의 현실을 어떻게 설명해야 할까. 어쩌면 그 고통조차 남한 사람만의 현실일 수도 있을 것 같다. 이미 그들은 남한에서 태어나 자란 우리들이 느끼지 못하는 불평등으로 고통받고 있기 때문이다.

못사는 동네에 와서 우리 세금이나 받아먹는 주제라고 손가락질할 때 무시당하는 느낌이 들었지.(p.43) 어디든 편견이 있어요. 받아들여야지 안 그러면 일 못 해요…. 그런데 받아들이는 게 그렇게 안 돼요.(p.316) 북한에서 왔다는 걸 알게 되면 한 수 깔고 봐요. 그게 너무 기분 나빠요. 근데 그

것도 사실 저희가 감사하고 살아야 해요. 이 땅에서 살려면. 그게 참 중요해요.(p.244)

이들에게 대한민국은 받아줘서 고맙지만 차별과 배제를 일상적으로 하는 나라이다. 이와 같은 양극단의 감정을 오가며 마음의 평화를 얻을 수 있을까. 차별과 편견으로 인한 고통만 있는 게 아니다. 강제송환 된 이후 딸의 행방을 모르는 백장원 씨나 가족이 모두 북한에 있는 마현미는 죄책감과 외로움으로 고통받고 있다. 나는 여기에 혈혈단신으로 왔잖아요. 저는 아무것도 없잖아요 그러니까 이 가족이 너무나 소중해요.(p.238) 마현미 씨는 가족을 만날 수도 연락을 할 수도 없다. 오로지 몸을 갈아 번 돈을 브로커를 통해 송금할 뿐이다. 자유를 찾아왔지만 분단에 갇힌 상황이다. 이들을 가둔 우리 사회 역시 분단에 갇혀있다는 건 말하지 않아도 알 것이다.

인터뷰는 가슴이 아프지만 특별히 새롭지는 않다. 탈북민들이 나오는 TV프로그램에서도 자주 보는 내용이다. 서술자로 등장하는 저자 역시 그 프로그램의 진행자나 패널과 같은 모습이다. 자신의 외모와 사회적 위치를 드러내고 북한이주여성들의 이야기에 공감하고 자신의 생각을 드러낸다는 점에서 그렇다. 대부분의 인터뷰처럼 저자가 주로 준비된 질문을 하지만 아주 잠깐 북한이주여성이 저자에게 하는 질문과 충고가 있다. 나는 그 부분이 제일 흥미로웠다.

갑자기 나에게 몇 살이냐고 물어서 36세라고 대답했다. 그런데 왜 뚱뚱하냐? 다이어트를 하라고 했다.(p.36) 근데 상담사 선생님 혹시 보험 든 것이 있수?(p.65)

내 연구에 참여했던 북한 언니 한 명이 묻는다. 선생님은 상류층인가요? 그녀는 나를 부러워했다. 남한에서 태어난 사람이고 가족과 친지를 언제든 만날 수 있기 때문에 말투가 온전히 한국 사람이기 때문에 가방끈이 긴 것도.(p.397~398)

한국에 닿은 이후 질문만 받고 가르침이나 충고를 받던 사람들이 이제 한국 사람에 질문을 하고 충고를 한다. 한국 사회가 그들에게 심어준 질문이고 가치관이다. 그렇게 그들은 한국사회를 비추는 거울이 된다.

정영선
소설가. 1997 문예중앙으로 등단했다. 소설집 『평행의 아름다움』 장편소설 『물의 시간』 『생각하는 사람들』 등을 출간하고, 부산소설문학상, 부산작가상, 봉생문화상(문학), 요산문학상을 수상했다.

∞ 연속비평

「폭력-비판을 위하여」의 행간번역 (2)

윤인로

누구에게나 생각의 지침이 되는 글이나 문장, 낱말들이 있을 것이다. 때로는 간명한 좌우명座右銘으로서, 때로는 정신의 태세를 고치게 하는 시금석Kriterium으로서 말이다. 내게도 벤야민의 「폭력-비판을 위하여」는 그런 글인데, 그것이 베버의 사후 흔적 위에 게재된 1921년 이후 100년, 그 시간, 그 시간 속 참조와 투쟁의 갈래들을 남몰래 기념하기 위한 작업으로 이번 연재를 시작했다. 지난 1회에 이어 그런 기념 또는 상속의 작업을 해보고자 한다.[1]

---

1   그 작업의 대상이자 준거가 되는 판본들을 1회에 이어 다시 한 번 제시
    한다: 독일어판 「Zur Kritik der Gewalt」(*Walter Benjamin Gesammelte
    Schriften*, Bd. II·1, Hrsg. R. Tiedemann u. H. Schweppenhäuser,
    Suhrkamp, 1991. 이하 표시 없이 인용함), 한국어판 「폭력의 비판을 위
    하여」(『외국문학』 11집, 이성원 옮김, 1986. 이하 K1); 「폭력의 비판
    을 위하여」(자크 데리다, 『법의 힘』 부록, 진태원 옮김, 문학과지성사,

2004. 이하 K2); 「폭력비판을 위하여」(『발터 벤야민 선집』 5권, 최성만 옮김, 길, 2008. 이하 K3), 일어판 「暴力批判論」(『ヴァルター・ベンヤミン著作集』, 野村修 編訳, 晶文社, 1969. 이하 J1); 「暴力批判論」(『ドイツ悲劇の根源』 부록, 浅井健二郎 訳, 筑摩書房, 1999. 이하 J2); 「暴力の批判的検討」(『ベンヤミン・アンソロジー』, 山口裕之 訳, 河出書房新社, 2011. 이하 J3), 중국어판 「暴力批判」(『本雅明文选』, 陈永国·马海良 编, 中国社会科学出版社, 1999. 이하 C. 목차에 제시된 제목은 「暴力的批判」. 이는 다음 영어판의 중역), 영어판 「Critique of Violence」(*Walter Benjamin: Selected Writings*, Vol. 1: 1913-1926, Ed. M. Bullock and M. Jennings, Harvard UP, 1996. 이하 E), 스페인어판 「Para una crítica de la violencia」(*Iluminaciones IV*, Introducción y selección de E. Subirats, Traducción de R. Blatt, taurus, 2001. 이하 S1); 「HACIA LA CRÍTICA DE LA VIOLENCIA」(*Walter Benjamin. Obras Completas*, Libro II/ vol. 1, Ed. J. Barja, F. Duque y F. Guerrero, Trad. J. N. Pérez, Abada, 2007. 이하 S2); 「Para una Crítica de la Violencia」(*Ensayos escogidos*, selección y traducción de H. A. Murena, El cuenco de plata, 2010. 이하 S3), 이탈리아어판 「Per la critica della violenza」(Trad. A. Sciacchitano, www.filosofia.it. 이하 I), 프랑스어판 「Pour une critique de la violence」 (*Walter Benjamin Œuvres*, tome 1: Mythe et violence, Trad. Maurice de Gandillac, Denoël, 1971. 이하 F), 러시아어판 「К критике насилия」 (*Учение о подобии*, Составление и послесловие И. Чубаров, И. Болдырев. М.: РГГУ, 2012. 이하 R). 원문을 포함한 15개 판본의 주요 개념들에 대한 '번역'을 인도하는 문장들은 다음과 같다: "번역은 궁극적으로 언어들 상호 간의 가장 내밀한 관계를 표현하는 일에 그 목적을 두고 있다. 번역이 숨겨진 관계 그 자체를 드러내거나 창출할 수는 없지만 그 관계를 싹틔움의 방향성 속에서keimhaft[맹아적으로] 혹은 **집약적으로**intensiv[집중적으로] 실현함으로써 표현할 수는 있다. […] 하나의 의미를 그 생성의 싹Keim[떡잎(萌芽); 배(胚)]을 통해 나타내는 일."(발터 벤야민, 「번역가의 과제」[1923], 황현산·김영옥 옮김, 한국번역비평학회, 『번역비평』 창간호, 2007, 189쪽. 원문에 비쳐 낱말 교체·수정·부연. 강조는 인용자) '순수언어'의 성분을 확인케 하는 이 문장들에 대한 독후감은

1-1. 벤야민이 마주하고 있던 사회민주주의, 그 유혈적 온건-타협력에 대한 비판은 당대 '의회들' 일반의 절충주의에 대한 비판과 포개져 있다. 삶·생명(의 절단된 힘줄)에 관계된 "생생하고도 긴요한 사안들을 두고 의회주의가 도달하는 곳이란 기원과 결과 모두에서 게발트를 수반하는 법질서"이다. '아나키'를 억지하는 법질서의 게발트연관은 기원≡결과에, 즉 (제1)원인·시작과 (최종)목적·끝의 전적인 등질성·상보성·합동성에, 공백 없는 동시성·전체성에 뿌리박고, "나는 진리요"[「요한복음」 14: 6] 또 "알파와 오메가다"[「요한계시록」 22: 13]라고 공포하는 주[인]의 로고스/노모스로 주재된다. 그때 그것과의 타협으로 귀결되는 의회주의, 달리 말해 "시초Anfang부터 사회민주주의가 고향집처럼 안온해하던[통달해 있던] 타협주의"[2]는 정치적인 것의 최전선이자 마지노선으로 약속되고 가동된다. 벤야민의 두 낱말, 기원[근원·원천·시초·유래·

_____

다음과 같다. "행간번역의 과제/소명이 언어구제의 상황을 집약적 낱말들에서, 말들 사이의 '내밀한 관계'에서 발현시키는 작업과 관련된다면, 그런 소명을 다하려는 번역자에게 개별 언어들은 서로에게 낯설지 않은 것으로, 그 언어들 각각이 지닌 형질변화의 역사를 넘어서는 '독특한 수렴관계(혈연관계·친척관계)'로, 어떤 높은 전체──목표이자 근원으로서의 '순수언어reine Sprache'──를 지향하고 있는 것으로 인식된다. 그런 근원-목표(로)의 회복-지향, 알파-오메가의 동시적인 성취, 그것이 번역의 과제이고 이상이다."(필자, 1회 연재분에서 인용)

2   발터 벤야민, 「역사의 개념에 대하여」, 340쪽(테제 11번). 번역은 수정.

원인]을 뜻하는 Ursprung과 결말[결과·최후(동시에 시작·출구·출발)]을 뜻하는 Ausgang을 옮긴 번역어들을 제시하면 다음과 같다. "départ"; "arrivée"(F, 출발·시작[개시·발차·발송·출항]; 도착·최후[=시작·도래·출현]), "origen"; "final"(S2, 기원[원천·원류·유래·발단·발생·출처]; 최후[최종·궁극·마지막]), "orígenes"; "resultados"(S1, ~ 결과[성과]), "origen"; "desenlace"(S3, ~ 결말[대단원·해결]), "origin"; "outcome"(E, 기원[근원·출생·태생·혈통]; 결과), "inizio"; "fine"(I, 최초[개시·단초·단서]; 최후[종점·결과·결말·목적]) "истоке"; "исходе"(R, 최초[근원·발원]; 결과[결말·성과]), "起源"; "结局"(C, 기원; 결말[종국]), "起源"; "終末"(J1), "기원"; "결과"(K2), "근원"; "결말"(K1), "根源"; "結果"(J3), "원천"; "결말"(K3), "根源"; "行く末"(J2, 근원; 장래[미래·앞날]). F가 Ausgang에 담긴 '끝-시작'의 이중적 의미와 접촉하고 있는 낱말이라고 했을 때, 그리고 F의 그 첨점을 스치며 지나가는 것이 J2라고 했을 때, 그 '끝'은 '미래[장래]'로의 순환적 연장이 시작되고 있는 폐쇄회로가 된다. 행간번역어로는, "시원≡결과[알파(시작·본원)이자 오메가(최종·결산)]로서 수미쌍관되는 폭/권/위/력의 법질서". 의회 자신의 탄생, 그 시초에서부터 의회 자신에 의한 법설정이라는 최종적 결산에 이르기까지, 의회는 아무런 공백과 단절 없는 폭력의 질서화공정으로 구동되는바, 그 방법은 "절충적 타협 속에서 비폭력적인 것이라고 상상된[믿는] 처치방식만을 배양"하는 것이었다. 자신은 비폭력적이라고 자칭하면서 스스로를 속이고 스스로도 속는 의회의 기[만]술, 수미일관하는 거짓 비폭력의 유혈적 조치·처치술. 절충적 의회주의의 그런 기술은 알파≡오메가[∴진리값·진리치]로서의 국가게발트·고향집을 향한 익찬翼贊의 갈채를 보내면서 상상 속에서만 폭력의 피안으로 향하는, 거짓 속에서만 피 흘리지 않게 하는, 그렇기에 기만으로 만연된 입법적 게발트로서, 생명·힘줄에 대한 절단집행력과 서로의 합법성 및 정당성을 교배시킨다. 그때 의회는 비밀스런 타락의 길을 닦는 대타협 속에서 수다의 파렴치로 존재하는 폭/권/위/력이다. 의회가 피의 수다, 피의 갈채인 까닭은 의회가 "자신이 신세지고 힘입었던 존재근거로서의 혁명적 힘을 망각해버렸기 때문"이고, 그 망각 속에서 오늘 모두에게 일상이 된 "저 통곡소리 드높은 광경을 상연하고 있"기 때문이다. 억압당하고 있는 계급에게 미래 세대의 구원자 역할을 할당했을 때, 절충의 사회법제는 그 계급으로 하여금 현재의 억압을 해결할 자기 힘줄로서의 '증오와 희생의 지'를 '망각'케 하며, 그때 의회 또한 자신을 분만한 자기 존재근거로서의 혁명적 힘을 더불어 망각한다. 그런 망각연관, 법의 연관에 의해 "상연bieten"되고 있는 것이 저 "통곡소리 드높은 광경jammervolle Schauspiel"이다. 그 낱말들을 옮긴 번역어를 제시하면 다음과 같다. "offer […] woeful spectacle"(E, 내놓다[제공·제의·제안하다; 바치다·올리다(예컨대 '신에게 제물로 바치다(make offerings to a god)'], 비통한 스펙터클[통탄할 구경거리]) "Ofrecen […] lamentable espectáculo"(S1, 바치다[(신·교회·성인에게-)올리다·봉헌·헌신하다·내놓다·값매기다; 드러내다·묘사하다·나타내다(예컨대 여성형 명사 ofrenda는 '봉헌물·봉납물·제물'을 뜻함)], 구슬픈 구경거리[(연극·영화·무용 등의-)볼거리·쇼], "ofrecen [⋯] penoso espectaculo"(S2, ~ 괴로운 ~), "presentan [⋯] triste espectáculo"(S3, 제시[전시·진열·상연공연·방영·방송]하다, 비탄에 잠긴 ~), "presentano [⋯] desolante spettacolo"(I, 내놓다[제공·제의·헌정하다; 묘사·설명하다], 탄식할 구경거리[상연·공연·흥행·광경]), "présentent le déplorable spectacle"(F, 제시[제출·전시·묘사·상연·공연·방영]하다, 비통한 스펙터클), "представляют [⋯] жалкое зрелище"(R, 묘사[표시]하다, 가련한 구경거리[(수도원 등에 기부·봉납된-)비참한 구경거리·광경·상연]), "提供 [⋯] 悲景象"(C, 제공하다, 비참한 광경[정경·형상]), "みじめな見世物となっている"(J1·J2·J3, 처량한 구경거리[곡예·마술 등의 볼거리]가 되고 있다), "슬픈 광경을 연출하고 있다"(K1), "가련한 광경을 보여주고 있는데"(K2), "한심한 연극을 펼치고 있다"(K3). 원어 jammer는 비참[비탄·참담·신음·애통]과 고난[곤궁·절망]을 뜻하며, 이어진 접미사 volle는 그런 참상이 극에 달한 상태를 표시한다. 그 극한의 참상은 구경거리·광경·연극·극장·극작을 뜻하는 Schauspiel 곁에서 극적인 성분을 함유하게 되며, 그 과정은 보여주다·제공하다·[팔려고-]내어놓다 등을 뜻하는 bieten의 의미화 과정을 생각하게 한다. 서양의 번역어들은 그 bieten을 '드러내다·상연하다'의 뜻과 '바치다·올리다·봉헌하다'의 뜻으로 옮기고 있

다. S1과 S2는 후자의 뜻을 강하게 갖고 전자의 뜻은 약하게 갖지만 그 두 의미 모두를 내장하고 있다. S3는 상연의 뜻은 표시하되 S1과 S2가 가진 봉헌의 뜻은 폐기된다(I, F, R도 마찬가지이다). 반대로 E는 제공·봉헌의 뜻을 표시하되 상연의 뜻은 폐기된다. J1, J2, J3는 그런 두 의미벡터 모두를 표현하지 못한다. K1과 K3는 K2에는 없거나 빈약한 '연출' 및 '연극'의 성분을 표현하지만 K2와 마찬가지로 봉헌의 뜻을 드러내지 못한다. K3는 '한심한'이라는 역어로 의회의 무능력과 작태를 드러낸 특이점이 있으되, 여러 번역어들이 공유하는 공통의 첨점인 비참과 통한의 뜻을 표현하지 못한다(나아가 jammer의 그 통곡소리는 벤야민의 브레히트 및 구약의 「시편」과 접촉하며, bieten의 상연/봉헌의 뜻은 '운명적 게발트'의 공안주의적 통치극장과 맞물려있다). 그 낱말들은 그렇게 극적인——극한적인/연극적인——비참의 스펙터클이 상연되는 것과 희생·제물을 신에게 봉헌하는 제의의 연출이 동시적이며 등질적인 것임을 표시하고 있는바, 그때 그것은 벤야민의 bieten을 darbieten——'상연·연주하다; 바치다·봉헌하다'의 뜻. 예컨대, '신에게 희생·제물을 바치다Gott zum Opfer darbieten)'——으로 새기고 옮기려는 의지를 점화시킨다. 행간번역어로는, "통곡소리 드높은[극(極/劇)적인] 스펙터클을 상연[봉헌]하고 있는". 이는 개별 번역어들 간의 상보성을 따라서, 망각연관의 폭력상태를, 스펙터클화된 폭력극장을, 그 '극'으로의 감정이입을 비판의 대상으로 표시해야 할 필요에 뿌리박고 있다.

2-2. 온건 절충주의의 정치꾼들에 의해 1919년 1월 이후 소수적 코뮨주의자들의 '스파르타쿠스'적 회복/상기의 힘[기·세·력·능]이 망각되는 과정, 그런 힘의 힘줄을 절단하는 타협주의의 일반공식 속에서, 혁명의 소수적인/래디컬한 벡터를 응집했던 그 힘은 다수파 사민주의당MSPD을 의회 다수당이자 집권당으로 밀어올린 정세추동력이었으되 철저히 봉쇄했고 배반했다. 이른바 '등 뒤에서 비수에 찔린[Dolchstoßlegende: 유대인·공산주의자·사회주의자에 의한 후방 교란(총파업·병역거부·탈영·스파이 공작 등)을 뜻하는 '전후' 음모서사]' 제국 군부의 실력 복구 쿠데타, 곧 베르사유 조약의 전후처리[10만 이하의 정규군, 준군사조직 해산]에 맞선 1920년 3월의 카프-뤼트비츠 폭동에 반대하여 재점화된 전국적 총파업은 다름 아닌 다수파 사민주의당에 다시 수습되었고 거듭 처분되었다: "그런 혁명적 게발트의 마지막 발현은 여러 의회들 가운데 특히 독일에서[특히 독일의 의회에 있어] 별다른 효과[효력] 없이 지나갔다." 달리 예컨대, 1차 대전에서의 폐색·패색, 1918년 11월 군항도시 킬에서의 수병들의 항명·봉기에서 시작해 노동자-군사 평의회들의 확산으로, 제국 황제 빌헬름 2세의 네덜란드 망명으로, 사회민주주의적 타협입법권이 주관한 공화국 선포 및 당수 에베르트

[일명 '절충의 인간']의 초대 대통령 취임으로, 타협적 연립정부 수립 및 행정권 분배로, 바이마르 공화국헌법의 공동설정으로 이르기까지, 의회권력은 자신의 시작을 가능케 한 근저적 힘의 망각과 절단을 연장했다.[3] 그런 절충적 의회주의에 의

---

3   수습·처리·망각되는 혁명. 브라허의 연구서 1장 4절 「바이마르의 타협구조」에서 인용한다: "군주정에서 의회적 공화국으로의 이행 속에서 세력관계의 변혁을 수행했던 동맹과 타협의 체제는 질서와 평안, 혁명의 급진적 흐름들에 맞선 방어의 필요에서 우선적으로 성장했다. [⋯] 혁명적인 위험을 방어한 이후에는 아주 상이한 권력 파트너들의 유동적인 전술적 결합들이 형성되었다."(칼 디트리히 브라허, 『바이마르 공화국의 해체』 1권, 72쪽) "1차 대전에 대한 1917년 평화결의 이후의 의회, 곧 야당의 다수를 형성했으며 물러나는 권력기구들의 유산을 인수했고 볼셰비키적인 반란 시도에 맞서 민주적 변혁 이후의 국가권력의 연속성을 지킨 정당들의 협력은 혁명 후의 정치적 타협구조를 재가했다. 또한 그런 협력은 '바이마르 연정'으로서, 보편선거에서 출발한 국민의회를 수단으로 국가적 상황의 안정화를 결의했다. 바로 이 최후의 실질적인 정치적 합의가 국가영역에서 혁명의 역동성을 종식시키고 옛 것과 새 것 사이의 불안한 타협을 공고화시켰다. 이 과정은 그런 즉흥적 상태를 초래한 '절반 혁명'의 정당화와 더불어 사회·경제적 관계의 거의 흠 없는 연속성을 보장했으며, 이는 특히 국가의 관료제적 건설을 건드리지 않은 채로 옛 기능관계들이 연속됨을 뜻했다. 그 결과가 바이마르 헌법이었다."(75~76쪽) 그런 온건 타협책 속에서 온존되는 경제관계, 이른바 '정치적 총파업'에 의한 정치경제적 권력구도의 구축은 다음과 같다: "그것은 경제 질서의 근본적인 개혁, 즉 포괄적인 사회화를 통한 소유관계의 새로운 질서 구축을 포기하는 것이었다. 슈티네스-레기인 협정Stinnes-Legien-Abkommen에서 합의된 노사 양측의 협조노선은 아직 모든 것이 불안정한 상황에서 근본적인 사회화 대신에 노사 동권[同權]의 사회적 동반관계를 선택하는 결정이었다."(송석윤, 『위기시대의 헌법학: 바이마르 헌법학이 본 정당과 단체』, 정우사, 2002, 83쪽) 그렇게 "조직된 노동운동은 이제 공인된 파트너로서 사회체제 속으로 진입했다."(96쪽)

해 만연되는, 의회의 절충주의적 폭력입법에 의해 편만되는 '지금'의 망각연관, 결코 도래하지 않을 '미래'를 위해 산 생명의 살아 있는 힘줄을 수단화하는 법설정의 연관. 달리 말해 상상 속에서만 법 너머로 향하고 있는 기만·오인의 축적체, 참칭된 비폭력주의의 유혈적 폭력연관. 그것과 양극을 이루면서 뒷문으로 접촉하는 것이 있다. 비폭력·평화활동가가 "혁명 속에서의 폭압자 살해라는 극단적인 예증"을 통해 제기하는 도그마, 곧 "삶·생명의 성스러움이라는 독단"이 그것이다. 저 카인의 형제살해라는 원-폭력에 대한 반대, 절대적 평화주의의 근원테제라고도 할 수 있을 '안티-카인'의 주창자 쿠르트 힐러는 "한 존재의 행복과 정의보다도 〔…〕 존재 자체가 더 상위에 있음을 신봉"[4]하는바, 거기서는 구체적인 '한 존재'의 행복 및 정의의 조건에 간여하는 폭력/정세적 상황이 '존재 자체'라는 성화聖化된 독단에 의해 위계적으로 합성될 따름이다. "정의로운 존재보다 존재 자체가 상위에 있다는 그런 명제는 거짓이며 또한 비천"한바, 그때 존재 자체는 최종목적화된 폭력교리 그 자체다. "영적인 정치"로 관철되는 힐러의 "목표Das Ziel"란 바로 그런 최종목적화-수단화의 폐쇄회로적 폭/권/위/력에 의해 설정되고 보위된다.[5] 말

---

4 벤야민이 인용한 쿠르트 힐러, 「안티-카인. 〔…〕 하나의 후기」, 『목표. 영적인 정치를 위한 연감』[1919]의 한 대목.
5 '영적인 정치'와 '목표Das Ziel', 신성화-수단화의 수미쌍관적인 게발트에

하자면 지고한 안티-카인주의, 이를 위한 봉헌의 행동은 "잃어버린 신성을 우주론적 광막함 속에서 찾으려는 최근의 시도"로서, 그 광막함 속에서 실제적 적대가 은폐되고 분식될 때, 되찾으려는 그 신성 아래에서 **특권연합**의 조바꿈이 행해질 때, 다음과 같은 작위적 사실은 망각되며 운명화·필연화된다. "그런 성스러움이란 고대의 신화적 사고 속에서는 다름 아닌 죄책Verschuldung[≡채무]을 짊어져 나르게 된 자의 두드러진 형상이었다는 사실이 그것이다: 죄책[≡채무] 짊어진, 곧 벌거벗겨지는 삶". 관건이 되는 것은 절충된 법의 모조피안 속에서 비폭력·평화를 위한 생명의 성스러움을 회복하는 일이 아니다. 성화된 존재 자체의 지고성이 아니라, 차이를 집어삼키는 광막함이 아니라, 폭력의 형질을 띤 성스러움·지고성·광막함 속에서 '죄schuld[≡빚]'에 주박 들리고 있는 구체적 존재의 상황을 파악하는 일, 그 한 현존의 행복과 정의를 위한 적대를 개시開示/開始하는 일이 관건이며, 그런 일들에 관여하는 것이 폭력-비판이자 게발트-크리틱이다. 그것은 '정의'의 발현 조건을 비추는 약한 과정으로서, 그 속에서 "행복

_____

의해 재량적으로 인/클로징en/closing[열리고 닫힘, 들이고 추방함]되는 폐쇄회로-주박권역, 이를 내재적으로 문제화하는 차이의 힘으로 여기 앞질러 세워놓을 것은 「역사의 개념에 관하여」 14번 테제의 앞머리에 인용되어 있는 한 문장이다: "근원이 목표다Ursprung ist das Ziel."(칼 크라우스, 『운문으로 된 말들』 I. 벤야민, 앞의 선집 5권, 344쪽) 이는 '최종목적 없(애)는 목적론' 또는 '순수한 수단'을 다룰 때 다시 언급될 것이다.

과 지복은 무죄Unschuld와 마찬가지로 사람들을 운명의 영역에서 벗어나게 한다."[6] 광막한 신성의 폭력을 정지시키는 "세속적인Profanen[신성모독적인] 것의 질서는 행복의 이념으로 향해야" 하는바, "그 질서가 메시아적인 것과 맺는 관계야말로 역사철학의 가장 중요한 가르침 중 하나이다."[7] 다름 아닌 그 역사철학이 "폭력의 역사에 대한 철학"과 등질적인 것일 때, 목적-수단 도식의 폭력연관에 대한 벤야민의 비판, 혹은 "법의 피안"을 발효시키기 위한 게발트의 분광은 안티-카인의 '영적인 정치'와 '목표'가 타협의 협치로 귀속되는 과정에 대한 비판이 된다. 힐러의 그 목표, 목표의 정치, 정치의 목표는 "1919년 '문화정치적 운동'에만 자신을 국한시키면서 타락하기 시작"[8]했고, 그런 타락으로 이어지는 자기 제약과 절제는 멀지 않은 거리에서 1919년 1월 스파르타쿠스단을 특례처분했던 사민주의 행정부와, 그 집행권과 이권을 나눈 '피에 주린' 자유군단과 보조를 맞추는 것이었다. 힐러의 목표, 그 영적인 구원의 정치는 절충의 일반공식으로 정의·무죄·지복의 이념으로서의 메시아적 힘을 절단하고 합성하는

---

6   발터 벤야민, 「운명과 성격」, 앞의 선집 5권, 69쪽.

7   발터 벤야민, 「신학적·정치적 단편」, 앞의 선집 5권, 129~130쪽.

8   K3의 역자주. "몰락"이라는 낱말을 "타락"으로 바꿔 표기했음. 벤야민에게 "몰락Untergang" 혹은 "무상함Vergängnis[無常]"은 지복·정의·무죄의 이념이자 니힐리즘을 방법으로 하는 "세계정치의 과제"(「신학적·정치적 단편」, 131쪽)이지 타협의 결과가 아니기 때문이다.

폭력, 그런 메시아적 힘이 지닌 안티-아르케적인 벡터를 미연에 억지하는 폭력, 최종심적인 구원의 게발트벡터를 매회 대체보충시키는 카테콘적 폭력으로 설정된다. 안티-카인의 최종목적, 그 영적인 절충의 수단연관 안에서, "'인간'의 조건"을 규정짓는 폭력/정세적 상황――인간을 구체적인-산-인간으로서는 존속할 수 없게 만드는, 그렇기에 정의·무죄·지복의 이념에 의해 적대로 개시되는 폭/권/위/력의 연관상태――곧 "인간의 부존상태Nichtsein야말로 (어떤 경우이든: 벌거벗겨지는)(unbedingt: bloße) 정의로운 인간의 아직-아닌-존재상태 Nochnichtsein보다 더 섬뜩한 것"임은 수미일관되게 은폐되고 만다. 힘줄 잘리고 있는, 벌거벗겨지고 있는 나체·나신의 생(명)은 그런 폭력상태의 동력이자 산물, 이념이자 결과인 '인간의 부존상태' 쪽으로 인도되는바, 그런 사정이 여러 번역어들 속에서 어떻게 의미화되고 있는지를 제시하면 다음과 같다. "nonexistence of man"; "(admittedly subordinate) not-yet-attained condition of the just man."(E, 인간의 비존재; (명백히 종속된[부수적인·부차적인]) 정의로운 인간의 아직-오지-않은[아직-도달·획득되지-않고 있는] 상태), "人間の非在ニヒトザインは正しい人間の未在〔まだ存在していないこと〕ノッフニヒトザイン(この「未在」には無条件的に、「たんなる」という形容詞が付く)よりも恐ろしいこと"(J2, 인간의 비재니히트자인는 정당한[올바른·의로운·타당한] 인간의 미재〔아직 존재하고 있지 않는 것〕노흐니히트자인(이 '미재'에는 무

조건적으로, '단순한'이라는 형용사가 붙는다)보다도 두려운 것.
〔〕는 J2의 역자), "non-être de l'homme"; "(inconditionnellement
pur et simple) non-encore-être de l'homme juste"(F, 인간의
비-존재; (무조건적으로[절대적으로] 순수하고 단순한) 정의로운
인간의 아직-존재하지-않음), "인간의 비존재"; "정당한 인
간이 (무조건적으로, 순수하게) 아직 존재하지 않음"(K2), "인
간의 비존재"; "정의로운 인간이 (반드시: 단순히) 아직 존재
하지 않음"(K3), "人間の不在"; "正しい人間の(むろん、たんな
る)未到来"(J1, 인간의 부재; 정당한 인간의 (물론, 단순한) 미도
래), "人間というものが存在していないこと"; "正しい人間が
まだいない(「単に」ということばが必須)こと"(J3, 인간이라는 것
이 존재하지 않음; 정당한 인간이 아직 없음(그것에는 '단지'라는
말이 필수)), "non esserci dell'uomo"; "(peraltro: semplice) non
esserci ancora dell'uomo giusto."(I, 인간이 존재하지 않는 것[인
간이 아닌(없는) 것]; (더욱이: 꾸밈없는[간소한·소박한]) 정당한 인간이
아직 존재하지 않는 것), "no-ser del hombre"; "(además: sólo)
no-ser-aún del hombre justo"(S3, 인간의 비-존재; (더욱이: 유
일한[단일한]) 정의로운 인간의 아직-존재하지-않음), "no-
ser del hombre"; "necesariamente prosaico no-ser-aún del
hombre justo"(S1, ~ 필연적으로 무미건조한[살풍경한] ~), "no-
ser del hombre"; "que el mero aún-no-ser del hombre justo"
(S2, ~ 순수한 ~), "небытие человека"; "(безусловно: простое)

еще-небытие справедливого человека"(R, 인간이 실재하지 않는 것; (의심의 여지없이: 순수한[단일한·단순한·거짓없는]) 정의의 인간이 아직-실재하지 않는 것), "人的非存在"; "公正之人有待达到的状态(不可否认是次要的)"(C, 인간의 비존재; 공정한 인간의 도달을 기다려야 하는 상태(부인할 수 없이 부차적인), "이 세상에 인간이 존재하지 않음"; "인간이 정의롭게 살 수 있는 세상이 아직 도래하지 못했음"(K1). 원문의 "Nochnichtsein", 그러니까 정당한·정의로운 인간이 아직·여전히Noch 현존·실재하지 않(고 있)는, 그렇기에 비-존재인 상태. 그것을 E, C, J1, K1은 아직 '도래'하지 않은, 여전히 '도달'하지 않고 있는 상태로, 특히 C의 경우엔 그런 도달을 '기다려야 하는 상태'로 옮긴다. E, F, S1, S2, S3, R은 Nochnichtsein의 조어 상태를 하이픈으로 분절 표기함으로써 드러내고자 했는데, 의미화 과정의 그런 공통성 속에서도 Noch를 옮긴 역어들의 위치가 서로 다른 데에서 차이가 생겨나고 있다(곧, -yet-, -encore-, -aún, aún-, еще-). 그 차이점 곁에서 의미가 갈라지고 있는 "unbedingt: bloße"는 다른 의미화의 잠재력을 품고 있은 첨점이 된다. 형용사로도 사용되는 unbedingt는 '그 어떤 경우에도·무조건적으로·절대적으로'를 뜻하며, 이런 다의성을 F가 표현하고 있다. "bloß"는 '벌거벗은·나체인', '단순한·순전한', '단지·그저·다만' 등을 뜻한다. 그 두 낱말이 콜론에 의해 분절/합성됨으로써 구성되는 의미는, 저 광막

한 타협의 우주 속에서 타락하고 있는 힐러가 비판되는 맥락 속에 있다. 자칭 비폭력·평화주의가 타협의 공정 속에서 존재 자체를 신성화하는 행동을 취할 때, 그 속에서 생(명)은 힘줄의 구체성을 박탈당하며, 그런 모조구원적 신성의 폭력교리가 침습하는 삶은 '죄책을 짊어진 자', 유죄판결을 받은 자, 그 유죄를 법의 경계선에서 재량적 즉결심판의 형태로 언도받은 자의 것으로 한정되고 단순화된다. 죄책의 삶, 죄-속죄의 운명화된 반복체 속에서 오직 목숨의 부지를 위해서만 목숨을 걸지 않을 수 없게 되는 생(명). 그런 삶, 그런 생의 조건을 편성하는 게발트연관을 가리키는 이름이 절충적인 것의 폭력 속으로 합성·소진·무화되는 인간의 상태, 곧 '인간의 부존상태'이다. 이는 구체적인-산-인간의 물화·무마·무화상태를 표시하는 다른 말이며, 언제 어디서든 제약 없이 무조건적으로(그렇기에 절대적으로/자유재량적으로) 유죄와 채무를 선고하고 부과할 수 있는──즉, "죄(Schuld, 빚; 이 개념의 데몬적인[마력적인] 양의성을 보라)의 기능"[9]이라는 구절·문장이 가리키는──법·경제-신-학적 게발트의 완연한 승리를, 저 조바꿈·미끄러짐의 항속화를, 인민의 생(명)을 상대로 치러지는 절대적 내전상태를 표시한다. 그런 승리를 수수·상속해온 정통의 역사, 폭력의 역사가 '인간의 부존상태'

---

9   발터 벤야민, 「종교로서의 자본주의」, 앞의 선집 5권, 124쪽.

로서 설정/보위되고 교체/보강되면서 연속적으로 마감되고 있는 상태야말로 끔찍한 것이다. 그것은 '아직-아닌-존재상태'로 발현 중인 정의의 인간, 달리 말해 아직 인간의 부존상태로 완전히 귀결되지 않은, 아직 다 온 것이 아니므로 완료되지 아니한, 그렇기에 이미 도래해 있고 항시 도래 중인 의인義人의 게발트가 재량적 박탈의 위기에 직면해 있는 상태보다 더 섬뜩한 상태이다. 행간번역어로는, "인간의 부존상태 Nichtsein[인간이 없는(아닌), 비현존·무인간의, 존립무화된 상태]야말로 (언제 어디서든[절대적/재량적으로!]: 벌거벗겨지고 있는) 의인의 아직-아닌-존재상태Nochnichtsein[정의로운 인간이 아직 (전부 다) 도래하지 않고 있는 상태]보다 더 두려운 것". 인간의 무화·부존상태를 운명적인 것으로 설정하는 절충적 폭력의 연관/기관. 벤야민이 비판하는 것이 그것이고, 그것이 저 통곡소리 드높은 광경을 극장화하면서 피의 희생제의를 연출한다.

3-1. 정의의 인간, 의인의 '아직-아닌-존재상태'를 극화된 거짓 구원의 법제공정으로 적정선에서 관리하는, 피에 주린 게발트. 여기서 「게발트-크리틱을 위하여」의 첫 문장을 다시 새겨보게 된다: "게발트-크리틱의 사명은 게발트가 법과 정의에 어떻게 관계하고 있는지를 제시하는 것이라고 달리 말해질 수 있다." 폭력-비판의 소명, 게발트의 판/별은 인간의 부존상태와 정의로운 인간의 아직-아닌-존재상태를,

그 둘의 관계를 다시 정의하는 작업이기도 하다. 그런 재정의의 무대 가운데 하나는 '통곡소리 드높은jammervolle' 통치극장의 인지배분 상태이다. 통곡의 재생산, 피울음의 역사에 대한 비판의 지속과 변주 위에서 벤야민은 브레히트를 인용했다: "절규Jammer로 메아리치는 이 골짜기의 암흑과 혹한을 숙려하라."[10] '미래[未-來]' 세대의 구원자 역할을 할당함으로써 '지금' 세대의 생(명)을 저당 잡는 인지력과 행위력이 가동되게 하는 절충적 게발트의 법설정, 그 과정에서 체계적으로 망각되고 말소되는 구체적 적대와 희생의지를 다시 점화하는 일. 그런 재점화, 달리 말하자면 숙려·명심하라Bedenken, 상기·회복하라Eingedenken. 이 '유사시'의 정언명령은 오지 않을 미래에 담보 잡히지 않는, 지금-당장當場 도래 중이고 발현 중인 정의로운 인간의 기/세/력/량으로 폭력의 역사의 끝을 시작하는 신적인 힘의 한 형질을 보여준다. 그럴 때, 다시금 저 알려진 적대의 구도가, 즉 희생의지Opferwillen의 합성·망각을 통해 스스로를 재생산하는 신화적 폭력과 그것에 맞서는 신적인 폭력이 개시되고 대질된다. "신화적 게발트가 희생Opfer을 필요로 하는 데 반해, 신적인 게발트는 그런 희생을 안아돌본다." 희생을 맡아돌보고 안아올리는 힘, 그것이 이른바

---

10 벤야민이 「역사의 개념에 대하여」 7번 테제의 앞머리에 인용한 베르톨트 브레히트, 『서푼짜리 오페라』[1928]의 한 대목.

'신적인 게발트'의 벡터를 구성하는바, 신적인 폭/권/위/력은 죄-속죄의 법치적 경계설정을 넘어 그것들을 무위로 돌리는 '법의 피안'의 발현·집행으로서, 위법성 조각·제척상태의 게발트로서, 신화적 국가게발트의 필요에 의해 합성되고 있는 삶·생명 일반에 베풀어진다. 망각·합성을 통해 피의 필요를 해석하고 결정하는 레테Lethe적·신화적 게발트, 그것을 정지시키는 상기·회복의 신적인 기억력Mneme-kraft. 그런 기억의 성사聖事·집행력에 의해, 미래와 미래 세대와 미래 세대의 구원자계급은 카테콘적-적그리스도적 절충의 폭력공정으로부터 성별聖別된다.

3-2. 언제 어디서나 가정의 형태로서만 상상되고 동화되는 "좀 더 나은" 상태 속에서 미래는 끝내 오지 않는 힘으로 정박되며 과거는 미달되는 힘의 형질로 고착된다. 그때 절단되고 피 흘리게 되는 것은 지금-당장의 생(명)이다. 그럴 때, 과거가 요구하고 요청하는 구원의 긴급권은 차단되며, 지금의 힘은 끝내 오지 않을 미래로의 교체보충적 폭력연관에 의해 저당 잡히며 전매轉賣당한다. 절충이라는 나태·태만의 폭력을 정당화하는 유토피아적 강령론 및 '진보'의 역사론은 법의 적정선에 동화同化되는 피의 폭력과 한 몸인바, 그런 폭력의 역사로부터 스스로를 적정치 않은 낯선 것으로 이격·성별시키는 이화異化의 신적인 게발트는 "모든 종류의 강령

적 계획 및 유토피아를, 한마디로 말해 혁명 운동에 이바지하기 위한 일체의 법설정을 거절한다." 그런 신적인 게발트가 거듭 신화적 게발트와 대질된다. "다시금 각하시켜야 할 것은 모든 신화적 게발트, 곧 통괄하는[샬튼] 폭력이라고 이름해도 좋을 법설정적[할튼] 폭력이다. 그것에 복무하면서 주재되고 있는[발튼]1:고용되어 봉사하면서 그것을 위임받아 주재하는 폭력, 곧 법보위적 폭력 또한 각하시켜야 한다." 변증법적으로 부침하면서 상호 보완하는 법설정적 폭/권/위/력과 법보위적 폭/권/위/력의 형질을 각기 표시하는 두 역어, 곧 '통괄하는schaltende'이라는 낱말과 '주재되고 있는verwaltete'이라는 낱말을 옮긴 번역어들은 다음과 같다. "arbitraria"; "administrada"(S1·S2, 자의적인 [임의적인·재량적인] 관리되는), "dominante"; "administrada"(S3, 지배하는; 관리되는), "amministrante(schaltende)"; "amministrata"(I, 통치[관리·지배]하는; 통치[관리·지배]되는), "gouvernante; gouvernée"(F, 통치하는; 통치되는), "통치하는"; "통치되는"(K2), "распорядительным(schaltende)"; "управляемое"(R, 운영[지도·처리]하는; 통치[관리·지배]되는), "支配する(schalten)"; "[法に基づいて]執行される(Verwaltet[管理された])"(J2, 지배하는; [법에 근거하여] 집행되는([관리된]), 대괄호는 J2의 역자), "支配する(schalten)"; "管理された(Verwaltet)"(J3, 지배하는; 관리된), "개입하여 통제하는(schaltend)"; "관리된"(K3), "支配の"; "管理される"(J1, 지배의; 관리되는), "집행적"; "행정적"(K1), "'執法'的";

"'行政'"(C, '법집행'적; '행정'), "executive"; "administrative"(E, 집행[행정·운영]적인; 관리하는). S1에서 법설정적 게발트는 '재량적인' 벡터 속에 있으며, 그것과는 달리(혹은 그것과는 반대로) 법보위적 게발트는 그런 재량적=법설정적 폭력에 의해 '관리되는' 폭력으로 표시되고 있다. S1의 자유재량성은 나머지 다른 역어들 속에서 통치·지도·지배·집행력과 접촉하며, 특히 K3의 '개입-통제'와 조응한다. 나아가 S1의 그런 '재량' 대 '관리됨'이라는 준별은 '통치하는' 대 '통치되는'(I·F·K2)을 위시한 다른 역어들의 준별상태를 한 층위 더 중층화한다. 그러하되, 관리·통치·지배'하는' 법설정적 게발트와 통치·지배·관리'되는' 법보위적 게발트라는 능동-수동의 대립적(혹은 상하적·위계적) 준별은 그런 능동-수동이 일방적인 "대표"관계가 아니라는 것을, 단순한 "변증법적 상하 기복" 너머에서 상보적인 상호 관여의 상태로 적정화되고 있는 것임을 표시하지 못한다. 예컨대 "대항적 게발트들에 행해지는 법보위적 게발트의 억제가 동시에 법보위적 게발트 자신에 의해 대표되는 법설정적 게발트를 간접적으로 약화시키거나 무력화할 수도 있는"바, 이를 조절하고 완충하기 위해 그 두 게발트 간의 대표관계는 상호 최적화를 위한 배치의 탐색·계측·조정의 벡터를 구축하지 않을 수 없다. 그런 구축의 공정을 표시하는 것이 관건이다. 행간번역어로는, "장치통할적schaltende". 그 역어의 기본형 schalten은 I·R·K3·J2·J3에서 노출되고 있는데, 그 낱

말은 재량적 통어·지배·관리·처결이라는 뜻 속에서 기계장
치들의 스위치·전류·기어·신호 등을 차단·접속·개폐·
전환시켜 그 장치들이 흐름·순차·속도·세기·방향의 레벨에
서 최적의 상태로 적재적소에 기능할 수 있도록 하는 안정적
배치의 구축이라는 방향성을 띤다. 법설정적=장치통할적 폭
력은 통치의 기계장치들 간의 폭력연관을 전체적인 규모·시
점에서 배분·할당하는 게발트의 이름이다. 법보위적 게발트
는 그런 schalten의 법설정적 게발트벡터 속에서 '복무하면서
주재되고 있는' 폭/권/위/력이지만, 그런 수동성을 표현하면서
도 그 폭력이 경직되지 않은 활성적이고 자기결정적인 것임
을 드러낼 필요가 있다. "주재되고 있는"이라는 역어의 원형
Verwalten은 i) 어떤 '자리'에 앉아, ii) 그 자리를 안정화·안전
화하는 권리근원의 힘과 일체가 되어, iii) 집·살림·재산·공무
·국무 등을 관리·관장·주관·감독·운용·경영·영위함을 뜻한
다. 그 자리란 다름 아닌 법설정적 게발트가 발현하는 자리
이며, 거기에 자리잡고 앉아있는 상태를 표현하는 낱말이 "복
무하면서^{dient}"이다. 루터부터 베버에 이르기까지 개념의 벡터
를 달리하면서도 상관적으로 지속되어 온 '신의 섬김^{Gottesdienst'}
이라는 조어와도 관계될 수 있을 벤야민의 그 낱말은 다음과
같이 옮겨지고 있다. "sirve"(S1; S3, [신·신성·주인을-]섬기다[봉사·봉행
·예배하다]), "servicio"(S2, 섬김[모심·봉사·서비스]), "service"(F, [신·신성·
주인을-]섬김, [제식·미사·예배의-]의식, [국가·사회·공무에 대한-]봉사), "仕え

る”(J1·J2·J3, [신·신성·주인을-]섬기다[봉사·봉행하다], 사용되다, 쓰이게 되다), “cлyжит”(R, 복무[종사·이바지·예배]하다) “serve”(I, 모시다[봉사·복종·근무하다]), “serves”(E, 모시다[봉사·복종·근무하다]), “服务”(C, 복무[근무]하다), “봉사하는”(K1·K3), “이용되는”(K2). 신·신성을 ‘섬기는’ 일, 신의 보좌를 모시는 일, 신이라는 보좌를 섬기고 봉행하는 과정에서 그 힘을 ‘나눠갖게 되는’ 일. 최소 예닐곱 개의 번역어들에서 공통으로 발굴해 낼 수 있을 그런 ‘섬김-일체화’의 과정은 법설정적 게발트와 법보위적 게발트 간의 관계를 단선적인 대표형질 바깥에서 바라보게 한다. 행간번역어로는, “준용되어[-섬기면서, 일체가 되어-] 주재하게 되는verwaltete”. 그러니까, 법설정적 게발트에 고용·준용되어——순종적으로 부려쓰임을 뜻하는 준용遵用은 저 자유재량적 법의 준용準用, 즉 **필요시에 스스로를 뜯어-고쳐-준용함**의 그것과 조응되는 효과도 있다——그 폭/[권]/[위]/력의 힘을 섬기면서 그 힘을 분유하는 법보위적 게발트. 이는 법설정적 게발트에 의해 단선적으로 주재‘되는’ 것이 아니라 법설정적=장치통할적 폭력과 상호 조절적으로 관여하면서 서로를 주재‘하게 되는’ 것이다. 그런 장치통할적 벡터 속에서 준용되어 그 벡터를 분유·주재하게 되는, 그런 방식으로 법설정적 게발트와 상보적인 일체화의 관계를 맺게 되는 ‘법보위적rechtserhaltende’ 게발트는 아노미·아나키적 무법상태를 저지함으로써 법을 지키고 돌보는 폭/[권]/[위]/력이다. 그렇게 장치통할적=법설정적 게발트와 합성되

는 법보위적 게발트의 어간·근간이 halten이라는 동사로 되어 있음을 눈여겨보게 된다. 그 낱말은 붙잡다, 막다, (적·무질서·내란 등을) 저지·방지·억지하다, (어떤 관계·상태·위치·벡터 등을) 지지·유지·수호·보위하다, 비밀을 지키다(비닉을 유지하다, 누설하지 않다) 등을 뜻한다. 음을 살려 말하자면, 샬튼–할튼–[페어]발튼. 이 폭력의 상보적인 연관체가 신화적 게발트의 순환벡터를 이루는 근저이다. halten이라는 동사 어간, 신화적 폭/권/위/력의 동인 · 근간은 동시에 저 억지자 카테콘Aufhalter의 힘과 뜻——카테콘의 독일어 번역어 아우프할터는 샬튼과 마찬가지로 전기·전류의 단속기·단류기·계류기를 뜻하며[11], 그것의 동사형 aufhalten은 막다, 저지하다, 잡아두다, 억류하다, 계류시키다, 떠받들다, 떠받치다 등을 뜻한다 ——을 다시 새겨보게 한다. 카테콘의 어근 할터, 그 게발트 벡터, 말하자면 바울적 '불법의 비밀'과의 접합. 이는 카테콘이 적그리스도와 나이가 같고 동기간이고 한 몸이면서도 그 적그리스도의 완연한 도래·발현을 억지함으로써 아노미로부터 노모스를 수호하는 힘으로 스스로를 설정한다는 것, 그럼

---

11 억지자 카테콘. 아나키로의 전류·흐름을 통할하는 단속기·단류기로서의 카테콘–아우프할터. 이는 저 나치스의 SS(친위대·Schutzstaffel) 속의 '슈츠'라는 낱말이 방어·보호·원조·지지를 뜻하면서도 동시에 과다 전류의 흐름을 미연에 방지하는 안전·차단장치를 뜻하는 것과, 내란 억지적/예방적 치안·안보경찰을 뜻하는 낱말로 Schutzpolizei가 사용되는 것과 멀지 않은 거리에 있다.

으로써 자신들 카테콘-적그리스도의 이위일체적/이중권력적 게발트를 생(명)의 비약적 지도·인도의 정당성/정의의 근거로 재생산할 수 있게 되는 상태를 뜻한다. 그런 인도·통치의 이위일체성이라는 비밀, 그 비밀의 지배를 수행하는 억지자 카테콘의 폭력형질 또한 다름 아닌 어근 halten에 의해 표시되고 있는 것이다. 그 어근, 피의 근저根柢, 피에 주린 폭/권/위/력의 역사에 양분을 공급하는 그 반석 위에서 장치통할적 법설정의 폭력과 그것을 섬김으로써 그것과 일체화하는 법보위의 폭력은 상호 조절적으로 서로를 구동시키는, 비닉되어 있기에 완연한──'법의 피안'을 포섭함으로써 완전히 소진시킨──통치의 매끈한 노모스로 스스로를 재생산할 수 있다. 다름 아닌 "대리Darstellung·보위Erhaltung"됨으로써 재생산되는, 또는 '마력적/운명적' 사로잡음··저당설정Bann halten의 폭력으로 발현하는 카테콘적-적그리스도적 통치비밀의 암구호暗口號들, 아우프할튼-에어할튼-샬튼. 말하자면 카테콘의 테제들·이름들·코드네임들.

3-2-a. 그 이름들, 그 폭력연관 속에서 "적Feind[악마(적인 적)]은 승리하기를 멈추지 않"[12]고 있다. 그 적이란 적대의 구도 구성력을 마멸시키는 타협합성력, 그것에 의한 정치적인 것

---

12   발터 벤야민, 「역사의 개념에 대하여」, 334쪽(테제 6번).

의 폭력적 파괴상태를 가리키며, 그때 적이란 절충적인 것의 다른 이름이다. 적, 달리 말해 '절충적인 것'에 의한 '정치적인 것'의 합성. 이어 말해, 그런 적의 승리, 그 승리에 의한 '사회적인 것'의 생산. "사회적인 것이란 유령적이고 악마적인 권력들이 그때그때의 상황에 따라 현현한 것"[13]인바, 그때 사회적인 것이란 절충적인 것——적대의 경계가 사라진, 피아의 형체가 흐려진, 이종교배된, 유령 같은, 중의적인 적———의 자유재량적 게발트의 일반공식에 따른 생산물이다. 절충적인 것의 지속하는 그 승리, 예컨대 바이마르 공화국 집권 다수파 사민주의당의 단속기·단류기가 (나치의 친위경찰을 앞질러, 나치의 법과 정신 곁에서, 나치의 그 독재 이후에도) 잘랐고 자르고 자를 스파르타쿠스적 산 노동의 힘줄, '진정한 정치가'의 생명·생명줄. 달리 예컨대, 그 온건 집권당의 하원 의원이자 그 절충적 공화국의 군사총책(국방장관)으로서 복고적·인종주의적 '자유군단Freikorps'의 절단기계로 힘줄들의 생을 잘랐던 구스타프 노스케——피를 쏟게 하는 노스케Blutnoske, 피에 주린 개Bluthund———의 폭력공식, 미래-구원자의 이름으로 타협되고 발포되는 '거짓 법[≡신·칙·]령'의 어용사御用史. 행간번역어로 말하자면, "피를 쏟게 하는 폭/권/위/력

---

13   발터 벤야민, 「세 개의 단편」, 조효원 옮김, 『인문예술잡지 F』 13호, 2014, 168쪽.

Blutgewalt[피에 주린 (개들의) 게발트]"의 역사, 그 속에서 축적되어가는 신화적 승리의 전리품·전사前史, 그것은 피에 주린 구원의 폭력이 감정이입하는 왕립-역사법정의 산물이자 동력이다. 벤야민이 말하는 "폭력의 역사에 대한 철학"이란, 말하자면 절충적인 것의 심판권·생사여탈권이라는 적의 역사에 대한, 절충적인 적의 정통사에 대한 비판이며, 카테콘-적그리스도의 이중권력이 내전에서의 승리를 중단 없이 이어가고 있는 상황에 대한 정세적 재정의이다. 이름하여, 내전정체의 상속군주, 법을 침묵시키는 신화적 전시상태 속에서 형용을 바꾸며 연장되고 있는 그 절충적 이위일체의 통치유훈遺訓은, 어떻게 '국가의 폭/권/위/력'이 손실 없이 거듭 재충전될 수 있는지를, 어떻게 신화적 '권/능/위/력'이 한 특권층에서 다른 특권층으로 조바꿈되어 미끄러져 가는지를, 어떻게 생산자 대중이 통치의 '주[인][주재(主宰)·지배자]'를 교체·보강하는 데서 머물고 마는지를 여전히 고지하는 중이다.

윤인로
독립출판 "파루시아" 편집주간, 〈신적인 것과 게발트(Theo-Gewaltologie)〉 총서 기획자. 『신정-정치』『묵시적/정치적 단편들』을 지었고, 『이단론 단편: 주술제의적 정통성 비판』『국가와 종교』『파스칼의 인간 연구』『선(善)의 연구』『일본 이데올로기론』『일본헌법 9조와 비폭력』『정전(正戰)과 내전』『유동론(遊動論)』『세계사의 실험』(공역) 『윤리 21』(공역) 『사상적 지진』 등을 옮겼다.

문학/사상 3
오키나와, 주변성, 글쓰기

초판 1쇄 발행 2021년 6월 15일

발행인 강수걸
편집인 구모룡
편집주간 윤인로
편집위원 김만석 김서라
편집장 김리연
펴낸곳 산지니
등록 2005년 2월 7일 제333-3370000251002005000001호
주소 부산시 해운대구 수영강변대로 140 BCC 613호
전화 051-504-7070 | 팩스 051-507-7543
홈페이지 www.sanzinibook.com
전자우편 sanzini@sanzinibook.com
블로그 http://sanzinibook.tistory.com

ISBN 978-89-6545-732-9 03800
ISSN 2765-7167

* 책값은 뒤표지에 있습니다.
* 파본은 구입처에서 교환해드립니다.
* 본지는 한국문화예술위원회의 문예진흥기금에서 원고료(일부)를 지원받아
개간되었습니다.

정기구독/후원 안내

정기구독

1년 정기구독   3만 원
2년 정기구독   6만원 → 5만 원 (17% 할인)
3년 정기구독   9만원 → 7만 원 (22% 할인)

정기구독 혜택

산지니 도서 1권 증정
배송비 무료(해외구독 별도)

정기구독 및 「문학/사상」 후원

1년 정기구독 + 신간 도서 2권 증정 → 5만 원
2년 정기구독 + 신간 도서 4권 증정 → 10만 원
3년 정기구독 + 신간 도서 6권 증정 → 15만 원

정기구독 신청방법

● 아래 링크로 구독 신청서 작성해서 제출하고 입금하기
구독신청 폼: http://naver.me/5U1HMqMl

● 아래 계좌로 입금하신 후 전화나 이메일로 주소, 연락처를 알려주세요.
전화: 051-504-7070
이메일: san5047@naver.com
부산은행 154-01-005889-7 (강수걸)

문학/사상 1

권력과 사회

문학/사상 2

주변성의 이행을 위하여

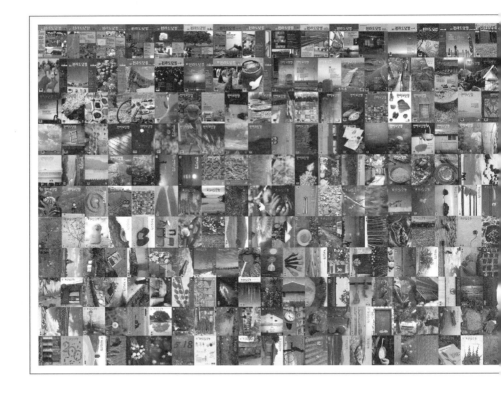

한 분의 독자를 기다립니다

오늘 아니면 담아내지 못할
전라도의 명장면과
전라도의 말씀들을 기록하는 전라도닷컴.

당신이 좋아하는 딱 한 사람에게
전라도닷컴을 권해 주세요. 선물해 주세요.
한 분의 독자들이 모이고 모여
전라도를 지키는 힘이 됩니다.
전라도닷컴엔 너무나 소중한 그 한 사람을 기다립니다.

전라도 사람·자연·문화가 있습니다   월간 전라도닷컴

구독신청   전화 062-654-9085 / 홈페이지 www.jeonlado.com
구 독 료   매달 자동이체 10,000원 / 1년 120,000원 / 2년 230,000원

산지니평론선 • 16

보존과 창조

현대시조의 시학

2021
ARKO 문학나눔
선정도서

구모룡 지음 | 260쪽 | 20,000원

산지니

시조라는 주변 장르의 현대성을 궁구하다

현대적 삶은 생명 고유의 균형감각을 상실하고 있다. 문명이 만드는 기계적 세계관과 그 속도는 삶으로부터 진정한 활력을 빼앗아버렸다. 생명이 만드는 생기는 생활의 뒤안으로 밀려나고 사람들은 질주하는 문명의 열차에 그 몸을 맡기고 있을 뿐이다. 위안과 불안이 공존하는 현대적 삶은 그래서 절제 없는 속도에 취해 있다. 현대에 시조를 쓴다는 것은 문명의 시간과 속도에 가역(可逆)하는 일이다. _본문 중에서

저자인 구모룡 평론가는 자유시와 정형시라는 이분법에서 벗어나 현대시조의 가능성을 이중지시적 담론이 지니는 대화적 개방성에 있다고 풀이하고 있다. —경남도민일보

"현대시조는 패러디다"라는 새로운 명제를 제시한다. —부산일보

산지니 www.sanzinibook.com 페이스북·트위터·인스타그램 @sanzinibook